SUR LA PEAU

ISBN : 978-2-492301-36-0
Dépôt légal : octobre 2023

ÉLÉONORE CONRADT

SUR LA PEAU

NOVICE

À mes parents

À Robin

1

À 8 heures, le soleil apparut au-dessus des immeubles et atteignit les fenêtres exposées plein est. Il baigna de sa lueur orangée les appartements déjà éveillés en cette fin d'été. Certains occupants s'adonnaient à des exercices physiques, d'autres repoussaient leur réveil de quelques minutes, tandis que les plus chanceux profitaient d'une grasse matinée de plus. Les écoliers reprenaient doucement le rythme scolaire. L'odeur de café, mêlée à celle du pain grillé, embaumait les couloirs des immeubles au gré des portes qui s'ouvraient et se refermaient derrière les travailleurs matinaux. Dans la rue, personne ne prêtait attention à la beauté du jour qui se levait. Les passants se contentaient de pester contre les températures qui avaient déjà baissé. Le vent balayait les quelques feuilles qui s'agrippaient aux branches récemment taillées pour ne pas abîmer les façades et assombrir la vue. Malheureusement, les modestes bâtiments gris clair ne permettaient pas de voir la tour Eiffel. Ce fantasme de Parisien pouvait peut-être se réaliser en grimpant sur les toits, mais à cette heure-ci, le travail attendait les habitants, et le soir venu, la fatigue les empêcherait de se lancer dans ce genre d'aventure. Beaucoup d'entre eux n'auraient su dire depuis combien de temps ils n'avaient pas entraperçu la géante de métal, Notre-Dame ou même le Louvre.

Un rayon atteignit le troisième étage et vint heurter le visage d'un homme encore endormi. Dans son sommeil, il se recula pour ne plus être exposé au soleil. Le téléphone posé sur la table de nuit acheva de le réveiller. Quelques mots suffirent pour qu'il se redresse et saisisse les vêtements qui jonchaient le sol. Il promit à son interlocuteur qu'il le rejoignait au plus vite. Il se leva, enfila ses habits, disciplina ses cheveux poivre et sel d'un geste de la main et claqua la porte dans son dos.

Il monta dans son véhicule et roula quelques minutes avant de se garer devant un salon de tatouages. Il poussa la porte en verre malgré la présence de l'écriteau « Fermé » et s'avança dans la boutique obscure.

— Régis ? lança l'homme.

Une voix tremblante et teintée d'angoisse lui répondit du fond du magasin. Il pressa le pas vers la salle de repos et y découvrit son ami, assis sur un canapé abîmé. Le gérant du salon respirait péniblement en serrant encore dans ses mains le téléphone avec lequel il l'avait appelé. Sans un mot, il pointa du doigt l'arrière-boutique. L'homme s'y dirigea et s'arrêta sur le pas de la porte, ne pouvant que constater la raison de l'appel de Régis.

Sans perdre son sang-froid, il s'agenouilla et posa son index et son majeur sur la gorge déjà froide d'un jeune homme allongé sur le sol. Il ne put que constater l'évidence. Les yeux vitreux du garçon fixaient le plafond. Dans un dernier sursaut de vie, ses mains avaient agrippé le tapis. L'homme détailla un instant l'individu étendu, qui ne devait pas avoir plus de 35 ans.

Pour n'altérer aucun indice, il souleva du bout des doigts un pan de tee-shirt afin d'observer de plus près la plaie fatale. Puis, il rejoignit Régis, qui peinait à retenir son angoisse. Ne voulant lui infliger la proximité avec le corps plus longtemps, il l'entraîna à l'extérieur de la boutique et l'installa dans sa voiture. Il lui tendit une bouteille d'eau qu'il gardait dans sa boîte à gants. Tandis que le gérant en buvait quelques gorgées, l'homme composa un numéro sur son téléphone.

— Salut Clément. J'ai besoin que tu envoies une équipe au salon *Régis Tatouages*. Il y a un corps là-bas.

Il raccrocha après avoir remercié son collègue et se tourna vers son ami. Régis posa la bouteille à ses pieds et le regarda.

— Vas-y. Pose-les, tes questions. T'es flic ou pas ?

— T'es sûr ? Ça va aller ? demanda le policier.

— Je préfère être interrogé par un commandant que je connais plutôt que par un autre. Un type retrouvé mort dans l'arrière-boutique avec le patron, je sais ce qu'ils vont penser : il a voulu voler la caisse, je l'en ai empêché, les choses ont dégénéré.

Le policier resta silencieux. Quand Régis lui demanda s'il se trompait, il balaya ses sous-entendus d'un geste de la main et commença à poser ses questions. Le patron du salon de tatouages connaissait le mort : il s'appelait Kévin Saulier. Il l'avait tatoué à plusieurs reprises ces dernières années. Kévin s'était présenté deux mois plus tôt au salon en lui exposant son projet de changer de boulot pour devenir tatoueur. Flatté qu'il le sollicite, Régis lui avait offert quelques jours d'observation. Pour autant, la présence de son cadavre sur les lieux ne s'expliquait pas puisque Kévin Saulier ne possédait pas les clés de la boutique et que le gérant s'occupait lui-même de la fermeture tous les soirs.

Quand le policier lui demanda son emploi du temps de la soirée et du début de matinée, Régis ne se vexa pas, conscient que son ami appliquait le protocole. Il l'invita à contacter sa femme pour qu'elle lui confirme qu'ils avaient passé la soirée avec leur fille et qu'il ne les avait quittées que pour rejoindre sa boutique, au petit matin. Le commandant Fontenay poursuivit ses questions :

— Il te semblait anxieux, ces derniers temps ? Il t'a donné une raison à son envie de changer de métier ?

— Non, aucune. Il était très calme, très posé, nickel avec les clients, toujours un mot gentil, ouvert à tous les sujets. Tu l'aurais beaucoup apprécié.

Le commandant Fontenay hocha la tête alors que les premiers policiers arrivaient devant le salon. Il se signala d'un signe de la main alors que la voiture se garait en double file. Deux brigadiers en sortirent et se dirigèrent vers lui en le saluant.

— Il y a un corps dans l'arrière-boutique, exposa le policier d'une voix assurée. Un stagiaire. De toute évidence, poignardé, mais impossible d'identifier le point d'entrée. C'est le gérant qui a trouvé le corps ce matin en arrivant.

Il désigna son ami du doigt et demanda à un des brigadiers de rester avec lui pendant qu'il entraînait l'autre à l'intérieur du salon pour baliser la zone. Au moment où ils entraient dans la boutique, une deuxième voiture arriva à leur niveau. En apercevant l'insigne de police sur le pare-soleil, ils ne lui prêtèrent aucune attention et continuèrent leur chemin.

— Brigadier ? appela une voix.

Le policier resté avec Régis à l'extérieur du salon se retourna vers une lieutenante d'une trentaine d'années, déjà armée d'un calepin et d'un stylo, qui se dirigeait vers lui. Elle montra sa plaque et demanda un premier rapport. Il s'exécuta non sans détailler cette femme qu'il ne connaissait pas.

— C'est tout ? On connaît l'identité de la victime au moins ? demanda-t-elle au brigadier.

— Pas encore, mais on vient d'arriver ! se défendit-il.

— Il faut donner le maximum d'informations au commandant Fontenay quand il sera là. C'est mon premier jour, j'ai pas envie de merder.

— Trop tard, je suis déjà là, répondit le principal intéressé en sortant de la boutique.

Elle sursauta et se tourna vers lui. Son visage changea de couleur avant qu'elle se ressaisisse et tende sa main vers lui.

— Lieutenante Gajeole...

— Je sais. Le commissaire Mondras m'a parlé de vous. Je ne pensais pas que vous seriez là aussi vite.

— C'est le commissaire qui m'a prévenue, expliqua-t-elle en replaçant une mèche de cheveux derrière son oreille.

Le temps que Fontenay partage ses informations avec sa nouvelle collègue, les médecins légistes avaient investi les lieux et récolté les données préliminaires. Il s'assura qu'un psychologue rejoignait Régis avant de retourner dans l'arrière-boutique. La lieutenante lui emboîta le pas alors qu'il demandait aux légistes une première levée.

— Le décès remonte à hier soir entre vingt heures et minuit. On sera plus précis après l'autopsie, assura un médecin.

— La cause ? questionna Fontenay.

— Trois plaies à l'abdomen. Les bords ont l'air nets, sans doute un couteau ou une lame aiguisée. Les plaies se superposent, mais une seule paraît fatale.

Un des scientifiques s'approcha d'eux et les mena un peu plus loin dans l'arrière-boutique pour leur montrer ses trouvailles. Les policiers enfilèrent des gants avant de soulever les peaux artificielles et les aiguilles usagées. Le commandant les examina avec intérêt.

— De quoi s'agit-il ? questionna la lieutenante.

— De toute évidence, il s'exerçait au tatouage. Or, si j'en crois les dires du patron du salon, il n'était là que pour observer.

D'un mot, Fontenay confia au légiste le soin de mettre ces indices sous scellés et s'empressa de retourner à l'extérieur pour compléter son interrogatoire. À peine arrivé à la hauteur du gérant qui patientait aux côtés d'un brigadier, il lança :

— Tu le laissais s'entraîner ?

— Non ! Il venait à peine de mettre les pieds ici. Je n'allais pas le laisser toucher aux instruments !

— Pourtant, les peaux sont sorties, et il y a des aiguilles usagées.

Régis secoua la tête. La ride barrant son front se creusa un peu plus.

— J'envisageais de le laisser s'entraîner ces prochains jours, peut-être, mais pas pour le moment ! Et encore moins seul.

Il semblait sincère. Le commandant cherchait une explication quand il aperçut la lieutenante sortir du salon après qu'un légiste l'eut retenue à l'intérieur.

— Il y a un tatouage sur son bras, il paraît très récent.

— Il n'était pas tatoué au bras, assura Régis, catégorique.

Intrigué, Fontenay se tourna vers un des légistes, qui leur exposa ses arguments. Selon lui, un traumatisme aussi récent sur la peau aurait dû provoquer des réactions inflammatoires, absentes ici. Les deux policiers le fixaient, attendant qu'il pose des mots sur ce qu'ils redoutaient.

L'assassin l'avait tatoué après son décès.

2

Debout devant le panneau encore vierge de la salle de travail du commissariat, le commandant Fontenay examinait une photo du fameux tatouage. C'était une figure simpliste, un peu maladroite, un masque de théâtre, un trait fin, sans ombre, sans détails, rien de très technique. À plusieurs reprises, il avait saisi un stylo pour noter quelques hypothèses avant de se raviser.

La lieutenante Gajeole restait en retrait pour ne pas interrompre la réflexion de son chef. Elle en profita pour le détailler : grand, carré, entre deux âges, en pull malgré les températures encore chaudes de la fin de l'été.

— On a du nouveau ? demanda-t-il sans se tourner vers elle.

— C'était un chauffeur routier sans histoire qui vivait avec sa femme et son chien, répondit-elle. Pas de casier, pas de dettes louches. Un homme banal avec une vie banale. Deux lieutenants ont prévenu sa compagne. Elle viendra faire sa déposition dès qu'elle s'en sentira capable.

Fontenay hocha la tête en silence. Devinant son intérêt pour le tatouage, la lieutenante se leva et se risqua à venir à sa hauteur pour poursuivre leur conversation :

— Vous pensez qu'on a cherché à faire passer un message à travers ce dessin ?

Le commandant croisa les bras. L'affaire s'annonçait tendue, d'autant qu'il connaissait le propriétaire de la scène de crime. Il redoutait qu'on lui retire le dossier à cause de cela. Il nota dans un coin de sa tête d'en discuter avec le commissaire dès que celui-ci serait disponible. Au même moment, un homme entra dans la pièce et vint à leur rencontre. La lieutenante le salua avec respect alors que le commandant se contenta d'un hochement de tête.

— Je viens de croiser le lieutenant Gomez, lança-t-il, la femme de Régis Martin a confirmé son alibi.

— Justement, à propos de Régis Martin, tenta Fontenay, il faut qu'on discute d'un...

— Je sais. S'il s'avère qu'il est la vraie cible de ce meurtre, je reverrai mon choix, mais pour l'instant, je ne vois pas d'objection à ce que tu diriges cette enquête.

Soulagé, Fontenay adressa un sourire reconnaissant au commissaire. En réponse, celui-ci désigna la lieutenante dans son dos.

— Alors ? Comment tu trouves ma meilleure élève ?

Après un coup d'œil vers la lieutenante, qui se raidit, le commandant regarda ses deux collègues avant de hausser les épaules avec nonchalance.

— Pour l'instant, elle semble avoir le goût du travail bien fait.

— Et vous, Sophie ? Que pensez-vous de mon meilleur commandant ?

— Exactement comme vous me l'aviez décrit, commissaire.

En entendant ces mots, le commissaire se frotta les mains, satisfait.

— Je savais que vous étiez faits pour travailler ensemble. Tu verras, Antoine, tu me remercieras de l'avoir affectée chez toi !

Gênée par ces compliments, la lieutenante baissa les yeux et s'éclipsa. Une fois qu'ils furent seuls, le commissaire poursuivit son éloge :

— Elle est super, tu verras. Elle regorge de talents cachés.

— J'imagine bien que tu n'as pas démarché une ancienne

élève auprès de la brigade des mineurs simplement pour le plaisir de leur voler un officier.

— Elle voulait changer. Les enfants en danger, ça commençait à lui peser.

Fontenay acquiesça. La réputation ne valait rien pour lui. Il voulait des preuves.

La femme de Kévin Saulier avait beau essuyer les larmes qui ruisselaient sur ses joues, celles-ci étaient sans cesse remplacées. Après avoir confirmé aux légistes qu'il s'agissait bien du corps de son époux, elle se laissa accompagner vers la sortie de l'institut médico-légal par le commandant Fontenay. Ce dernier lui tendit un mouchoir avant de lui poser quelques questions :

— Avez-vous une idée de la raison pour laquelle on aurait voulu faire du mal à Kévin ?

— Pas du tout. C'est tout sauf un fouteur de merde... On vit notre vie comme on l'entend, on ne cherche pas les problèmes...

— Pas de menaces ? Pas de difficultés au travail ?

— Aucune, non...

Elle souffla un grand coup pour canaliser ses sanglots.

— Pas de problèmes relationnels ou financiers qui auraient pu expliquer son désir de changer de métier ?

— De changer de métier ?

Fontenay fronça les sourcils. La jeune femme ignorait le projet de son mari de devenir tatoueur. D'après elle, il partait tous les matins à la même heure et revenait le soir aux horaires habituels. Elle n'avait noté aucun changement dans leur petite routine. Après quelques secondes, elle prit son visage entre ses mains, sonnée par cette nouvelle. Elle admit qu'il se plaignait de temps en temps de l'ingratitude de son travail tout en maintenant qu'il semblait heureux. En dépit d'un maigre salaire, il menait une vie modeste mais remplie de bons moments, avec elle ou avec ses amis. Elle ne comprenait pas ce désir de reconversion.

Fontenay lui offrit un nouveau mouchoir, et elle essuya les larmes sur ses joues. Elle oscillait entre deux sentiments : d'un côté, la douleur de la perte de son compagnon, de l'autre, l'incompréhension face à ce mensonge. Fontenay lui laissa le temps nécessaire pour qu'elle reprenne ses esprits avant de poursuivre ses questions. Il sentait que ce mystérieux changement de profession était un point à creuser. Alors, il insista :

— Vous n'avez aucune idée de ce qui a pu pousser votre époux vers un autre métier ?

— Non, je ne comprends vraiment pas, assura-t-elle.

Elle s'arrêta un instant pour pincer l'arête de son nez, puis elle releva la tête vers le commandant.

— Ces derniers temps, il était fatigué. Il se plaignait d'une douleur à la jambe. Il était allé consulter, puis il ne m'en avait plus parlé. C'est peut-être lié, je ne sais pas.

Il la remercia. Elle le regarda tristement et s'en alla sans rien dire.

Quand elle fut loin, Fontenay rebroussa chemin et retourna dans l'institut médico-légal pour interroger les légistes sur cette douleur à la jambe. L'un d'eux ne sembla pas étonné. En examinant le corps, il avait remarqué une marque de biopsie sur la cuisse de la victime. La demande d'accès au dossier médical de la victime datant de plusieurs heures à présent, le médecin vérifia ses mails et constata qu'il venait de le recevoir. Il le survola devant le commandant avant d'annoncer :

— Kévin Saulier avait un ostéosarcome.

Avant que Fontenay le lui demande, il employa des termes plus communs.

— Une tumeur de la jambe. Il a été orienté vers un centre de référence, où ils ont de toute évidence décidé d'amputer. Jusqu'à la cuisse.

— Et qui dit amputation dit impossibilité de conduire des poids lourds, nota le commandant. Voilà qui explique son désir de reconversion. Mais pourquoi n'en a-t-il pas parlé à sa femme ?

— Ça, c'est à vous de le découvrir. En revanche, on peut vous confirmer qu'il est mort aux alentours de 23 heures. Les plaies semblent avoir été causées par un couteau. Nous vous fournirons les moulages dès que l'autopsie complète débutera. Mais tout porte à croire pour le moment que votre tueur a dû s'y reprendre à plusieurs reprises pour le tuer.

Sentant qu'il n'obtiendrait pas davantage d'informations ici, Fontenay ne s'attarda pas à l'institut médico-légal. Sur le chemin du bureau, il appela ses lieutenants pour leur demander de fouiller dans la vie de la compagne de leur victime. Il voulait se faire une idée de la raison pour laquelle Kévin Saulier ne lui avait pas parlé de sa maladie.

Quand il arriva au commissariat, ils étaient déjà en train d'analyser le dossier de la jeune femme. Au premier abord, rien ne justifiait un tel secret. Il demanda que soient convoqués les parents et les proches de Kévin Saulier. Il inclut son oncologue et son médecin traitant, en espérant qu'ils auraient une explication rationnelle à donner à son silence.

— C'est quand même étrange de ne pas parler de sa maladie à sa femme mais de chercher à se reconvertir, souligna la lieutenante Gajeole.

— C'est vrai que c'est un sens des priorités atypique. Mais s'ils avaient des difficultés financières, il ne voulait peut-être pas l'accabler d'une telle nouvelle sans avoir de solution à lui fournir.

Fontenay froissa la feuille sur laquelle il avait noté ses premières hypothèses et la lança dans la corbeille dans le coin de la pièce. La piste restait au point mort.

Acquitté du secret médical par la réquisition du dossier, l'oncologue avait attendu d'être accompagné d'un membre de l'Ordre des médecins pour se rendre au commissariat et exposer les raisons qui avaient poussé la victime à le consulter. Malgré son envie d'illustrer ses propos avec les radios qu'il avait apportées, il se contenta d'utiliser des mots simples. Il se doutait que pointer du doigt des aspérités à la surface de l'os n'aiderait en aucun cas le policier à comprendre ce qu'il lui racontait. Il expliqua que son patient avait développé un ostéosarcome au fémur droit. Il ne semblait pas y avoir de disséminations métastatiques, mais au vu de l'étendue de la masse qui détruisait l'os et les tissus mous, l'option de la prothèse semblait utopique. Il décrivit son patient comme résilient, secret et très pudique.

— Avec une amputation, il n'allait sans doute pas pouvoir se cacher longtemps, répliqua Fontenay. Encore plus de cette ampleur.

— Je lui ai dit la même chose. Mais j'ai eu l'impression qu'il faisait un blocage, même s'il n'a jamais voulu se confier à ce propos. J'ai insisté sur l'importance d'un soutien familial dans une telle situation et son bénéfice dans le rétablissement. Mais je crois qu'il ne voulait pas qu'on le voie comme un malade.

— Dans quel état d'esprit le trouviez-vous ? Est-ce qu'il semblait dans le déni ?

— Non. Au contraire, il avait pleinement conscience de son état. J'ai l'impression qu'il voyait sa maladie comme l'occasion de prendre un nouveau départ et de se lancer dans ce qu'il s'interdisait jusqu'ici. À cause de l'amputation à venir, il n'allait plus pouvoir exercer son métier de chauffeur de poids lourd. Alors, il m'a confié ses projets dans le tatouage.

— Donc vous diriez qu'il acceptait sa maladie ?

— De ce qu'il me disait, oui. Nous attendions la fin des examens pour décider de la date de l'intervention. J'ai craint une décompensation maniaque sous le coup de l'annonce, alors je lui ai communiqué les coordonnées d'un collègue psychiatre. Je voulais que celui-ci puisse me certifier que le patient avait bien conscience des tenants et des aboutissants de l'amputation.

— Vous savez s'il est allé le voir ?

— Je l'ignore. Il a aussi pu consulter de son côté sans suivre mes recommandations.

Le médecin nota les coordonnées du psychiatre sur une feuille qu'il tendit à Fontenay. Celui-ci le remercia et l'invita à quitter la salle d'audition. Sans attendre, le commandant gagna le pôle informatique où il vit la lieutenante Gajeole installée devant un ordinateur. Il s'avança, étonné.

— Qu'est-ce que vous faites là ? demanda-t-il. C'est réservé à l'équipe informatique ici !

Elle leva la tête, prise de court. Elle ouvrit et ferma la bouche plusieurs fois avant de trouver ses mots.

— Le commissaire Mondras ne vous a pas expliqué que j'étais experte en criminalité informatique ?

Fontenay ne répondit pas. Elle abandonna son travail et posa ses coudes sur le bureau pour illustrer ses propos avec ses mains.

— Ma spécialité, c'est de chercher des pistes et des indices sur les réseaux sociaux, dans les boîtes mail, sur les sites internet, de récupérer des documents supprimés de clés USB. Évidemment, je suis habilitée au terrain et j'en fais, mais ici, c'est mon point fort. C'est ce qui a intéressé le commissaire quand je lui ai fait savoir que je voulais changer de brigade.

Face à l'absence de réponse du commandant, elle redouta une opposition à cette particularité dont il n'avait pas été avisé. Au bout de quelques secondes, celui-ci lui donna les coordonnées du psychiatre en la priant de faire des étincelles. Elle s'exécuta sans attendre et lui sortit des informations en quelques instants. Il lui demanda de contacter le praticien pour savoir s'il avait reçu Kévin Saulier en consultation. Alors qu'elle écrivait la requête dans un mail, le commissaire entra. Il s'enquit des dernières avancées, qu'il écouta en fixant du regard la photo du tatouage au bras de la victime, affichée dans un coin de l'écran.

— Pourquoi le tatouer après sa mort ? questionna-t-il. Qu'est-ce qui pourrait pousser un type à tatouer sa victime *post mortem* ?

Gajeole allait émettre une hypothèse, mais Fontenay la devança.

— C'est surtout la signification de ce dessin qui m'intrigue, un masque de théâtre. On sait que ce type cache sa maladie à sa femme depuis des mois. Peut-être qu'il ment à d'autres personnes aussi.

— Vous pensez à un proche qui n'aurait pas accepté ? questionna la lieutenante. Il était à la vue de tout le monde dans le salon. Il a pu croiser une connaissance, qui lui aurait demandé ce qu'il faisait là. Il est obligé de dire la vérité, ils se disputent, et les choses dégénèrent.

— Je ne vois pas un proche lui faire ça en découvrant son secret, même sous le coup de la colère, souligna le commandant. En plus, on n'accède pas à l'arrière-boutique facilement, et on ne maîtrise pas des aiguilles à tatouer sans un minimum de connaissances. Ce tatouage sonne plutôt comme de la préméditation. Et par quelqu'un qui sait manier ce genre de matériel.

Après un moment de silence, Fontenay reprit :

— On continue à interroger ses amis, on verra si certains étaient au courant de ses problèmes de santé. On retourne aussi voir sa compagne. Je ne comprends pas comment elle a pu passer à côté de cette maladie. Elle aurait dû le sentir.

Sans attendre de réponse, il quitta la pièce.

Plus apaisée que lors de leur première rencontre, la femme de la victime invita Fontenay et Gajeole à s'installer sur le canapé de son appartement. Elle s'assit face à eux et demanda d'emblée s'ils avaient du nouveau. À contrecœur, les deux policiers lui répondirent par la négative avant de reprendre leurs questions sur la maladie de son compagnon :

— Suite à la consultation dont il vous a parlé, Kévin a-t-il évoqué des examens complémentaires ? lui demanda Fontenay.

— Je ne crois pas. Il m'avait dit que son médecin lui avait

donné des antalgiques et que depuis, ça allait mieux. Pourquoi vous revenez sur ce sujet ?

— Parce que votre mari était atteint d'une tumeur au fémur, annonça Fontenay, implacable.

Le visage de la jeune femme se décomposa sous leurs yeux. Elle secoua frénétiquement la tête.

— Mais non ! C'est ridicule ! Il m'en aurait parlé ! Pourquoi il m'aurait caché ça ?

— Vous ne rencontriez aucune tension dans votre couple ? relança le commandant.

— Mais non, aucune ! se défendit-elle en prenant son visage entre ses mains.

— J'imagine que vous ne saviez pas non plus qu'il allait être amputé d'une jambe ?

Elle resta un instant sans rien dire. Elle semblait abasourdie, dépassée par ces annonces. Elle tentait de retenir ses larmes.

— C'était pour ça qu'il était dans ce salon de tatouages ?

— C'est notre hypothèse. Il préparait la suite. Et une fois amputé, il aurait été forcé de changer de métier. Alors, il cherchait autre chose.

Totalement sous le choc, la compagne de Kévin Saulier répétait sans cesse la même question : pourquoi ne lui avait-il rien dit ? Le commandant prit une profonde inspiration avant de lui poser la question fatidique, nécessaire mais blessante : où était-elle à l'heure de la mort de son mari ? Elle ne leur cacha pas qu'elle était seule alors que son époux prétendait être en livraison. Elle affirma avoir traîné sur les réseaux sociaux, et supposa qu'il devait y avoir des storys et des messages pour le prouver. Pour appuyer ses propos, elle leur tendit son portable afin qu'ils visionnent une courte vidéo qu'elle avait tournée dans le salon. Elle datait de l'heure du décès. Le commandant se tourna vers la lieutenante, qui lui assura d'un signe de tête qu'elle allait vérifier si la vidéo avait bien été réalisée au moment où elle l'avait postée.

— D'autres proches auraient pu être au courant de la maladie de votre époux ? reprit Fontenay.

— Ses parents ou ses meilleurs amis..., hasarda la jeune femme. Mais pourquoi il me l'aurait cachée ?

— Vous savez, chacun gère à sa manière ce genre d'annonce.

Elle se contenta d'acquiescer en laissant couler ses larmes. Fontenay aperçut des anxiolytiques au bord d'un meuble. La plaquette était trop entamée pour qu'elle ne l'ait que depuis l'annonce du décès de son mari. Peut-être ce dernier essayait-il de lui épargner une source d'angoisse supplémentaire ?

3

Les dossiers s'entassaient sur le bureau où la lieutenante Gajeole s'était installée. Des vérifications de sécurité en attente, des statistiques sur plusieurs données toutes plus ennuyeuses les unes que les autres, et finalement très peu d'investigations policières. Ce phénomène était répandu chez les officiers de police. Il résultait de la lassitude qui les gagnait dès qu'il fallait s'attaquer à l'administratif. Fidèle à cet état d'esprit, Gajeole repoussa du bras la paperasse afin de faire de la place à ce qui l'intéressait vraiment : les rapports d'audition qu'un lieutenant de l'équipe venait de lui apporter.

— Donc ce n'est pas une blague. Vous squattez vraiment ici avec votre ordi, s'étonna Gomez.

Elle tiqua, incapable de définir s'il s'agissait d'une critique ou d'une simple constatation. Elle esquiva le sujet en lui demandant si elle pouvait faire quelque chose pour lui. Elle aurait dû se douter qu'il n'avait pas traversé le commissariat pour confirmer la rumeur qui circulait chez ses collègues, et qu'il comptait lui confier une tâche. En l'occurrence, valider les alibis. Il déposa les deux tiers de la pile à côté d'elle et lança :

— Bizutage de la part du lieutenant Gomez !

Elle accepta la mission avec un sourire revanchard. Il lui souhaita bon courage et quitta la pièce.

Gajeole bougonna, mais s'attela à la tâche. Elle comptait bien finir avant lui pour lui couper l'herbe sous le pied. Quand elle revint dans la petite salle de travail dédiée à l'enquête pour y déposer ses résultats, elle constata que le commandant s'était isolé dans son bureau. Elle tendit le cou pour mieux le voir. L'écran de son ordinateur concentrait toute son attention. Elle n'arrivait pas à savoir si elle se sentait ou non à l'aise avec son nouveau supérieur. Il ne lui était pas hostile, mais pour autant, il ne lui manifestait aucune sympathie. Il restait strictement professionnel avec elle, à l'inverse du commissaire Mondras qui, lui, paraissait bien plus ouvert et convivial. En même temps, tous deux avaient un certain passif : elle avait été son élève durant toute sa formation à l'école des sous-officiers, et le courant était toujours bien passé entre eux. Même après son entrée à la brigade des mineurs, ils avaient continué à échanger des nouvelles. Elle supposa qu'il fallait plus de temps au commandant Fontenay pour s'ouvrir, et que celui ci préférait conserver une certaine distance hiérarchique. En dehors du commissaire qu'il semblait connaître depuis de nombreuses années, il restait très formel avec le reste de ses collègues.

Pendant qu'il se chargeait d'interroger Régis, le commandant Fontenay demanda aux autres agents d'auditionner les employés du salon de tatouages. Gajeole commença par un homme d'une trentaine d'années. Elle l'invita à s'asseoir dans une pièce meublée seulement d'une table et de deux chaises, et s'installa devant lui. Elle l'observa avec attention. Il avait attrapé un stylo qui traînait sur la table et le faisait passer entre ses doigts. Par moments, il s'en servait pour dégager les mèches brunes qui tombaient devant ses yeux. Ses mains étaient asséchées par les multiples produits désinfectants qu'il devait utiliser. Elle commença l'entretien sans grande conviction. Il ne connaissait pas Kévin Saulier avant son arrivée dans le salon. À l'entendre, Régis l'avait présenté à l'équipe du jour au lendemain en expliquant qu'il resterait durant quelque temps. Il le décrivit comme un homme curieux, impliqué, mais il précisa qu'il n'avait eu que peu de contacts avec lui.

— Comment était l'ambiance dans l'équipe ? Il y avait des animosités entre vous ? questionna-t-elle.

Il secoua la tête. Sentant qu'elle ne tirerait rien de cet homme, elle lui demanda son alibi. Il déclara qu'il était allé voir un film au cinéma *Les Fauvettes* à 21 heures. Une fois qu'elle eut noté ces informations, elle le laissa partir. Dès qu'il eut disparu à l'angle d'un couloir, elle se dirigea vers la salle informatique du commissariat pour vérifier l'alibi indiqué. Lorsque la page d'accueil du site du cinéma s'afficha, elle se leva brutalement et rejoignit le commandant qui sortait de son bureau, accompagné de Régis.

— Je viens d'interroger Karim Rahmeh. Il prétend qu'il était au cinéma à l'heure du meurtre, sauf qu'il y a eu un début d'incendie plus tôt ce jour-là, et que le cinéma était fermé.

Alors que Fontenay s'apprêtait à lancer l'interpellation du suspect, Régis s'amusait de la situation.

— Vous n'avez pas l'air étonné par ce mensonge, constata Gajeole, surprise.

— Vous savez, Karim est un artiste avant tout. Pour lui, chaque tatouage est une œuvre qu'il veut rendre unique. Les petits oiseaux, les citations sur le bras, les cœurs au poignet, ce n'est pas son truc. Alors, de temps en temps, c'est un peu tendu. Une fois, dans son précédent salon, il a stylisé une pièce sans l'accord du client. Forcément, ça n'a pas plu, et il a été mis à la porte. Mais que je sache, ça n'a jamais dégénéré, sinon je ne l'aurais pas embauché.

— Mais pourquoi tu l'as recruté, alors ? demanda Fontenay.

— Il a une petite popularité sur les réseaux sociaux, ça ramène du monde au salon. Et puis, j'ai compris qu'il voulait réaliser des œuvres, des choses uniques. Alors, je laissais les tatouages basiques aux autres, et lui, il se chargeait des grandes pièces artistiques.

— Mais vous avez une idée de la raison pour laquelle il aurait menti sur son alibi ? reprit Gajeole.

— Je l'ai toujours suspecté de faire partie des Dénonci'arts.

Face aux visages interrogateurs des deux policiers, Régis évoqua un groupe de tagueurs qui sévissaient un peu partout dans Paris depuis plusieurs années. Ils peignaient en pleine nuit des dessins satiriques, dérangeants, qui poussaient à réfléchir : des épées de Damoclès au-dessus des lieux où s'installaient les SDF, des animaux torturés devant des boucheries, des enfants décharnés devant des locaux des entreprises du CAC 40, des victimes d'abus sexuels devant des églises. Rien n'échappait à leurs pinceaux incisifs, et ils signaient toujours « Dénonci'arts ». Régis leur confia avoir perçu un peu du style de Karim Rahmeh dans certaines des œuvres qu'il avait vues. Pour illustrer ses propos, il montra sur son téléphone des photos des tags qu'il attribuait à son employé. Il insista sur le fait que ce dernier n'était pas un mauvais garçon et que, selon lui, son seul crime était son désir parfois trop envahissant de faire entendre ses opinions.

Munie de ces nouvelles informations, Gajeole retourna au pôle informatique et chercha si un nouveau tag des Dénonci'arts était apparu le soir du crime. Régis et le commandant la talonnèrent. Le groupe d'artistes engagés avait en effet de nouveau frappé. Le tatoueur affirma que le style du dessin correspondait à celui de son employé. Malgré cela, et ne voulant négliger aucune piste, Fontenay engagea la procédure pour perquisitionner l'appartement de cet homme. Il décida également d'aller l'interroger lui-même.

Quelques heures plus tard, Karim Rahmeh piétinait sur place pendant que les brigadiers fouillaient son studio. Il les invita à être plus soigneux avec ses toiles et se retourna vers le commandant qui s'avançait.

— Qu'est-ce que vous me reprochez ?!

— D'avoir menti sur votre alibi.

Il serra les dents.

— Je ne l'ai pas tué, enfin !

— Dans ce cas, pourquoi avez-vous menti ?

Karim Rahmeh ne répondit pas. Le commandant croisa les bras et le fixa.

— C'est soit ça, soit la garde à vue. Alors, vous auriez plutôt intérêt à parler.

— Je ne veux pas d'ennuis, protesta le tatoueur.

— Vous en avez déjà. Vous feriez mieux de nous dire la vérité plutôt que de vous foutre de nous avec un alibi bidon. Alors, je répète la question de ma collègue : où étiez-vous le soir du meurtre ?

— J'étais chez moi, je vous le promets, jura-t-il sans grande conviction. Vous me connaissez, non ?!

Gajeole tiqua. À côté d'elle, Fontenay ne semblait pas s'émouvoir de cette remarque. Il ne comprenait pas pourquoi Karim Rahmeh continuait de mentir. Il tourna les talons et prononça la garde à vue du tatoueur.

Enfermé, Karim Rahmeh ne pouvait plus qu'attendre qu'on vienne le questionner une nouvelle fois. Assise devant son ordinateur, Gajeole avait épluché son compte Instagram. Il y présentait ses différentes œuvres, qu'elles soient sur peau, sur toile ou sur les murs. Comme l'avait expliqué Régis, il était suivi par de nombreuses personnes. Sur une autre fenêtre de son écran, elle avait affiché le tag des Dénonci'arts réalisé le soir du meurtre pour le comparer avec les autres dessins de Karim. Elle n'était pas très branchée tatouage, mais elle devait admettre que les traits, les mélanges de couleurs, le style, tout était très graphique et bien exécuté, autant sur les murs que sur la peau. Elle se leva et s'approcha de l'écran pour observer l'absence complète de défauts. Le lieutenant Léo Gomez entra à cet instant dans le bureau. Elle se réinstalla précipitamment sur sa chaise.

— Vous comptez faire appel à ses services ? taquina-t-il.

Elle écarta catégoriquement cette suggestion d'un grand sourire amusé. Ce n'était pas son genre. Pour autant, elle continua à observer les tatouages réalisés par Karim. Après avoir fait défiler quelques images, elle pointa du doigt l'épaule d'un homme placé de sorte qu'on ne puisse pas voir son visage, ni même sa nuque.

— C'est gigantesque, ça ! On dirait le tatouage d'un yakuza !

Gomez éclata d'un rire sonore. La jeune femme le dévisagea, attendant une explication.

— Un yakuza, ce type ? Alors, celle-là, je la garde !

— Mais carrément ! Ou un fan de ça, en tout cas.

Le lieutenant secoua la tête en riant de plus belle. Il saisit la souris et afficha la photo en plus grand en invitant Gajeole à être plus attentive. Elle approcha son visage de l'écran. Il lui proposa de s'aider de la description. Le modèle avait pour nom de simples initiales : « A. F. » Elle se tourna vers son collègue qui s'amusait toujours de son interrogation.

— A. F. comme Antoine Fontenay. Commandant Antoine Fontenay, si vous préférez.

Elle se figea, les yeux écarquillés, accentuant l'hilarité du lieutenant.

— Putain ! Vous vous fichez de moi ! C'est pas le commandant !

— Maintenant, vous savez pourquoi il reste en manches longues toute la journée.

Elle ne répondit pas, fixant la photo de ce tatouage qui recouvrait le haut du dos et le bras gauche. Elle ne savait plus quoi dire, elle ne s'attendait pas à une telle passion de son supérieur. Elle l'imaginait beaucoup plus classique, moins excentrique. Quand bien même elle l'aurait pensé tatoué, elle aurait imaginé quelque chose de simple, en noir et blanc, jamais autant de couleurs, de mouvements, de motifs. Elle comprenait maintenant la remarque formulée par Karim Rahmeh à son chef.

— Mais il mène une enquête sur des personnes qu'il connaît ?

À cet instant, ils virent le commandant posté derrière eux dans l'encadrement de la porte.

— Je ne connais pas cet homme personnellement. Il m'a tatoué, et j'ai accepté d'apparaître sur sa page, point final, expliqua ce dernier avec fermeté. La scientifique a relevé des empreintes sur les lieux du crime, notamment sur les aiguilles qui ont servi à tatouer le jour du meurtre. Parmi elles, il y a bien celles de Rahmeh.

— Ça veut dire que c'est peut-être lui qui a tatoué Saulier, conclut Gomez.

— Non. Ça veut dire qu'il était au salon en même temps que Saulier ou quelques heures avant, corrigea Fontenay.

Le commandant désigna la lieutenante Gajeole et lui demanda de l'accompagner pour auditionner de nouveau Karim Rahmeh. Il était temps qu'elle fasse ses preuves. Elle ne se fit pas prier et le suivit dans la salle d'interrogatoire. Resté seul dans la pièce, Gomez s'installa à la place de sa collègue, amusé d'être simple spectateur pour une fois. Il poussa un léger soupir d'aise, puis il porta ses yeux sur l'écran quand les deux policiers apparurent dans la vidéo de la salle d'interrogatoire.

Gajeole s'assit les bras croisés, face au suspect, alors que le commandant Fontenay restait debout. Ce fut lui qui démarra l'audition.

— Maintenant, c'est fini, les conneries, s'agaça-t-il en lançant sur le bureau la photo de la scène de crime. On sait que vous étiez sur place peu avant le meurtre, on a retrouvé vos empreintes sur les aiguilles qui ont servi ce jour-là.

Silence. Fontenay frappa sur la table en sommant Karim Rahmeh de parler. Gajeole retint un sursaut. Le suspect serra les dents et se résigna dans un soupir. Il expliqua que la victime le connaissait grâce à son compte Instagram, et qu'il voulait l'imiter. Il le décrivit comme un véritable passionné.

Devant l'absence de réaction des deux policiers, il poursuivit :

— La semaine dernière, je l'ai vu gober des cachets, j'ai cru qu'il se droguait. Il m'a expliqué qu'il avait une tumeur à la jambe qui le faisait beaucoup souffrir et qu'il prenait des médicaments pour calmer la douleur. Il a ajouté qu'il considérait ça comme un signe du destin, que c'était pour ça qu'il tentait de se reconvertir. Il m'a fait de la peine, ce gars. Alors, je lui ai proposé de venir hier soir pour lui montrer quelques rudiments, histoire de le motiver un peu plus.

Impassibles, les deux policiers attendaient la suite. Le suspect redoutait d'évoquer le soir du meurtre. Les policiers le voyaient. Karim Rahmeh but d'une traite le verre d'eau posé au coin de la table pour retarder l'échéance.

— Alors, on s'est donné rendez-vous au salon, après la fermeture. Je savais que Régis ne serait plus là. Je lui ai montré comment manier les aiguilles. Ça se passait bien. J'ai eu un appel, alors je suis sorti. Je n'ai pas vu le temps passer. Je me suis absenté une petite heure, je dirais...

— Et quand vous êtes revenu ? interrogea Fontenay.

La timbale s'écrasa entre les doigts dc Karim Rahmeh. Sa tête s'enfonça dans ses épaules.

— Il était déjà mort... Il bougeait plus...

— Et vous n'avez pas jugé utile d'appeler la police ? questionna Gajeole.

— J'ai paniqué... On devait pas être là... J'ai eu peur ! Je suis rentré chez moi, et j'ai végété jusqu'à ce qu'on nous annonce qu'on l'avait retrouvé...

Fontenay resta silencieux, cherchant à interpréter l'attitude du suspect. Gajeole, elle, le trouvait sincère, mais elle ne croyait pas à cette histoire d'appel.

— Vous n'avez vu personne entrer dans le salon quand vous étiez dehors ? s'étonna-t-elle.

— Non. J'étais trop concentré par mon appel.

— Votre appel ou votre dernière œuvre ?

Elle ponctua ce sous-entendu en affichant sur son téléphone la caricature des Dénonci'arts que Régis lui avait attribuée.

Karim déglutit, raide. Fontenay la laissa poursuivre l'audition sans intervenir.

— Vous n'avez pas reçu d'appel. Vous l'avez laissé là-bas le temps d'aller faire votre tag.

— Je ne fais pas partie de ce groupe !

— On s'en fout de vos dégradations, insista Gajeole. On veut arrêter le malade qui a tué un homme innocent ! Alors, dites-nous la vérité.

Fontenay esquissa un discret hochement de tête en observant sa collègue. Après quelques secondes de silence, Karim reprit fébrilement :

— Je lui ai dit qu'il pouvait s'entraîner un peu seul, que je sortais un moment. Il n'a pas posé de questions. C'était comme un enfant devant un jeu.

— Mais pourquoi avoir fait ça la même soirée ?

— Caricaturer les politiques, ça pardonne pas. Être là-bas, ça me donnait un alibi. On sait ce qu'on risque si on nous coince. Ça fait des années qu'on échappe aux flics. C'est pas aujourd'hui qu'on va lâcher. C'était mon alibi.

— J'imagine que quelqu'un peut confirmer vos dires ?

— Non, j'ai agi seul.

Il mentait. Les deux policiers le savaient. Gajeole allait reprendre, mais Fontenay la devança. Il appela le brigadier qui attendait devant la salle d'interrogatoire et lui demanda de ramener le suspect en cellule. Dans quelques heures, ce dernier livrerait le nom de ses complices. Les deux policiers rejoignirent le lieutenant Gomez qui applaudissait en silence la jeune femme. Son supérieur lui adressa un hochement de tête approbateur. Feignant d'être insensible à ces compliments, elle entreprit de résumer la situation à l'oral : Karim Rahmeh était avec Kévin Saulier dans le salon avant le meurtre, il s'était absenté pendant une heure environ, et quand il était revenu, il avait trouvé Saulier mort. Paniqué, il avait déserté les lieux et espéré qu'on ne remonterait pas jusqu'à lui.

Le commandant alla en informer le commissaire dans son bureau. Les deux lieutenants se chargèrent de transmettre les informations au reste de l'équipe. Au moment où Gajeole s'apprêtait à rejoindre ses collègues, elle aperçut un jeune homme d'une vingtaine d'années qui déambulait dans le couloir.

— Je peux vous aider ? lui demanda-t-elle.

Il se tourna vers elle et la détailla.

— J'attends le commandant Fontenay.

— C'est à quel sujet ?

— C'est personnel.

Elle le dévisagea et appela le commandant sur son portable. À peine eut-elle décrit le visiteur que le commandant assura qu'il arrivait. Moins d'une minute plus tard, celui-ci les retrouva dans le couloir.

— Eliott ! Qu'est-ce que tu fais là ?

— On avait rendez-vous, tu ne t'en souviens pas ?

Fontenay s'excusa. Prenant Gajeole à témoin, il expliqua qu'il avait été débordé par une nouvelle affaire. Elle acquiesça sans grande conviction, se contentant de détailler les deux hommes. Maintenant qu'ils se tenaient côte à côte, leur ressemblance était frappante. Le garçon proposa de reporter le rendez-vous, mais le commandant reprit en s'adressant à sa collègue :

— On n'avancera pas plus ce soir. On laisse Rahmeh mariner en cellule cette nuit, et on verra où il en sera demain.

Elle obtempéra, ravie de pouvoir rentrer plus tôt. Il la salua et indiqua la sortie à son fils.

Alors qu'ils marchaient sans un mot, Fontenay examina Eliott. Celui-ci avait les traits tirés, le teint fatigué. Il extirpa une bouteille d'eau de son sac. Après une gorgée, il la garda en main en observant autour de lui.

— Tu as toujours des problèmes avec ton client ?

Le jeune homme ne répondit pas, le regard fuyant. S'il continuait à presser la gourde entre ses mains, l'eau à l'intérieur allait finir par se réchauffer.

— Tu as appelé le collègue de la financière que je t'avais conseillé ?

— Oui. C'est réglé, ne t'inquiète pas.

— Alors, pourquoi tu as l'air si soucieux ?

Le garçon soupira en piétinant sur place.

— Je suis claqué, c'est bientôt l'anniversaire de la mort de maman. Je manque de vitamine D. J'ai besoin de vacances.

Fontenay pressa la nuque de son fils en marque de soutien. Il lui proposa de faire quelque chose ensemble pour se changer les idées. Sa suggestion arracha un sourire au jeune homme.

4

Le commandant Fontenay n'avait pas encore posé sa veste sur la chaise de son bureau que la lieutenante Gajeole apparut, un dossier entre les mains.

— Vous avez quelque chose ? demanda-t-il en levant les yeux vers elle.

— Je crois. En cherchant dans les dossiers des dernières années, j'ai trouvé une affaire qui ressemble à la nôtre, expliqua-t-elle. Un jeune garçon condamné pour avoir tué son accueillant familial. Tout l'accablait. La victime avait un tatouage récent que personne ne lui connaissait. Le même genre de dessin simpliste et mal exécuté que celui de Kévin Saulier. L'adolescent était instable et sans alibi. Il n'avait pas réellement envie de se défendre. Il n'a pas avoué, mais il n'a pas nié. Ça a suffi au juge pour l'envoyer en centre fermé.

Elle lui tendit les documents de l'affaire en question. Le commandant les saisit et invita la jeune femme à lui en dire un peu plus.

— La victime se nommait Alphonse Nomée, il avait 42 ans et il était accueillant familial depuis sept ans au moment de son décès. Il a été retrouvé poignardé dans son salon. Il avait un tatouage au bras, un dessin de voiture, qui semblait très récent, mais étant donné le contexte, personne n'a jugé utile de creuser.

— Et l'accusé ?

— Mehdi El Maani, 14 ans. Il a été retiré de sa famille, ils vivaient à huit dans vingt mètres carrés. Il a été arrêté à plusieurs reprises. La première fois à l'âge de 11 ans pour vol, puis pour des bagarres, du racket, enfin, le délinquant de base, celui qu'on essaie d'aider par tous les moyens mais qui reste incontrôlable.

— Il a été placé en famille d'accueil ?

— Oui, chez Alphonse Nomée, dans l'espoir que cela soit moins destructeur que le foyer. C'était sa dernière chance avant le centre fermé.

— Et comment ça se passait ?

— Mal. Nomée avait plusieurs fois signalé des menaces, envers lui, sa femme et les autres enfants qu'ils accueillaient.

Fontenay survola les rapports réalisés sur la scène de crime. L'épouse de la victime, au bord de l'hystérie, accusait sans cesse l'adolescent à problèmes, qui avait été isolé dans sa chambre. Ce dernier avait refusé de parler et avait essayé de s'enfuir des lieux en trompant la garde du brigadier qui le surveillait. Il n'avait jamais nié le crime, ayant même laissé échapper que Nomée l'avait mérité, ce qui avait aggravé son cas. Si le commandant en croyait les conclusions des documents qu'il avait entre les mains, les preuves s'étaient accumulées contre le suspect. L'adolescent s'était de plus en plus fermé au fil des interrogatoires et avait eu à plusieurs reprises des explosions de violence incontrôlables. Il avait abandonné l'idée de se défendre, acceptant la sentence, et il avait été envoyé en prison.

— Ils n'ont pas cherché plus loin ? Il y avait quand même ce tatouage, reprit Fontenay.

— Sa femme n'avait pas manifesté d'étonnement particulier : Alphonse Nomée traversait une crise de la quarantaine, selon ses dires. De toute évidence, les légistes n'ont pas été aussi attentifs que ceux qui ont ausculté Saulier. Et puis, une voiture, ça ne leur a pas semblé incohérent étant donné qu'il était passionné de vieilles bagnoles : son bureau était rempli de maquettes.

Fontenay se recentra sur la photo du tatouage. Le dessin était très sommaire, peu fluide. Pour autant, il n'y avait pas de ratures. Le tueur savait manier une aiguille à tatouer.

Il demanda à la lieutenante de lui copier les pièces maîtresses du dossier. En pleine réflexion, il resta seul dans son bureau le reste de la matinée. Depuis toutes ces années, il n'avait que peu personnalisé son espace de travail. Pas de photos ni de dessins d'enfants accrochés au mur. Pas de maquettes ni de livres sur les étagères. Rien ne dépassait. Il chercha le contact du commandant de la brigade des mineurs dans l'annuaire enregistré, puis il l'appela pour obtenir des précisions sur cette affaire.

À l'âge de 9 ans, Mehdi El Maani vivait avec ses deux parents et ses cinq frères et sœurs dans des conditions difficiles. Les services sociaux avaient décidé de placer les enfants, n'hésitant pas à faire exploser la fratrie. Après plusieurs fugues, un échec scolaire cuisant et des bagarres avec d'autres jeunes, Mehdi avait fini par côtoyer des délinquants qui rôdaient autour du foyer pour y recruter de petites mains afin de vendre de la drogue ou de servir d'intermédiaires avec d'autres groupes de voyous. Dès 11 ans, le garçon avait commencé à être interpellé pour des vols, mais à en croire le rapport, la brigade des mineurs était convaincue qu'il n'en était pas à son coup d'essai. Les nombreuses tentatives engagées pour le défaire de ses mauvaises fréquentations s'étaient soldées par des échecs. Mehdi consultait un psychiatre à cause de ses crises de colère, mais impossible d'en savoir plus sans autorisation. D'ailleurs, aujourd'hui encore, il était suivi par le même thérapeute.

Fontenay soupira lentement, essayant de voir ce qui pouvait relier un accueillant familial et un chauffeur de poids lourd obligé de se reconvertir à cause d'une maladie. Sur une feuille vierge, il nota quelques hypothèses et interrogations. Il se reconcentra sur le seul lien concret entre eux : le tatouage. Pour Nomée, il s'agissait d'une simple voiture. Le dessin était très simple, le trait fin, hésitant, peut-être même plus que celui de Kévin Saulier. Cependant, il ne donnait pas l'impression d'avoir été réalisé par un amateur. Le policier devait discuter avec ce jeune homme. Il espérait obtenir une piste sur un éventuel lien entre les deux crimes. Il contacta le directeur de la prison pour mineurs et l'interrogea sur l'attitude de Mehdi depuis son arrivée, avant de lui demander s'il serait possible de s'entretenir avec le concerné.

Malgré quelques réticences, le directeur céda à la condition que le thérapeute soit présent pour prévenir une éventuelle réaction violente. Souhaitant que l'entretien ait lieu le plus rapidement possible, Fontenay ne remit pas en cause cette exigence. Il raccrocha et replongea dans ses pensées. Il n'entendit pas tout de suite qu'on toquait à la vitre de son bureau. Alors, le commissaire Mondras entra.

— Vous avez quelque chose ? commença-t-il.

— Gajeole a trouvé une autre affaire de meurtre où la victime avait été tatouée. C'est un jeune qui a été condamné, mais il est possible que les enquêteurs ne se soient pas penchés sur cette histoire de tatouage.

Il lui tendit une série de photos pour étayer ses arguments.

— Tu as trouvé un lien entre les deux victimes ?

— *A priori*, la femme du gars qui a été tué pensait que son mari faisait une crise de la quarantaine. Mais peut-être qu'il était malade, lui aussi. J'attends le rapport d'autopsie pour avoir une idée.

— Tu penses à quoi ? Un cancer ?

— Pourquoi pas.

Mondras tiqua. Il attrapa une chaise vide et s'assit en face de Fontenay.

— Donc selon toi, on aurait affaire à un tueur qui s'en prend à des personnes déjà malades en les poignardant et en les tatouant ?

— Je ne sais pas. On n'a pas encore la preuve que les deux

meurtres sont liés. Je viens d'avoir le directeur du centre où le jeune Mehdi El Maani est incarcéré. Je le vois en fin de journée. J'ai aussi demandé à la femme du gars tué de passer : peut-être qu'elle pourra nous donner des informations qu'elle avait jugées inutiles à l'époque.

Le commissaire se contenta d'acquiescer. Il fixait son ami, comme s'il attendait quelque chose.

— Et en ce qui concerne Rahmeh, j'ai envie de le croire. On n'aura jamais la prolongation de sa garde à vue, donc autant le laisser partir avec obligation de rester dans la région.

Le commissaire approuva et relança :

— Tu n'as rien d'autre à me dire, Antoine ?

— Si. Gajeole squatte un ordinateur dans le bureau informatique. Elle bosse bien, mais je préfère avoir mes lieutenants à proximité. Tu penses qu'on pourrait déplacer un ordinateur directement dans la salle de travail ?

Mondras lui assura qu'il effectuerait les démarches nécessaires. Cette requête sonnant comme un refus d'aborder le sujet qui l'intéressait, il laissa Fontenay seul et retourna dans son propre bureau.

Au même moment, Gomez survolait le rapport d'autopsie en essayant de comprendre les termes médicaux employés. Il laissait habituellement cette tâche aux autres mais, cette fois, il s'efforçait de s'illustrer. Il appréciait la lieutenante Gajeole, mais avec ses ordinateurs et ses recherches express, il se sentait menacé dans son poste. Lui, le vieux flic bourru jamais monté en grade et aux manières traditionnelles, faisait pâle figure face à la nouvelle génération. Il voulait se prouver à lui-même qu'on pouvait toujours tirer des informations *via* les anciens canaux sans devoir utiliser les réseaux sociaux ou des logiciels surdéveloppés. Un excès d'orgueil, il en avait conscience, mais c'était plus fort que lui. Il n'aimait pas l'aide des jeunes. Surtout des femmes. Un sourire étira ses lèvres. Il ne se savait pas aussi macho.

Cinq adolescents encadrés par deux gardiens avançaient en silence le long de la porte en fer à laquelle Fontenay venait de sonner depuis le volant de sa voiture. Ils l'observaient du coin de l'œil. Une voix grésilla dans l'interphone, lui demandant la raison de sa visite. Il plaça sa plaque devant la petite caméra. La barrière se souleva. Il se gara et se dirigea vers l'entrée aux murs bleus délabrés par le temps. Arrivé devant la porte, il se présenta de nouveau :

— Commandant Fontenay. J'ai rendez-vous avec le Dr Hatab et Mehdi El Maani.

Derrière une vitre abîmée, le gardien tapota sur son écran pour s'assurer de la véracité de ce rendez-vous.

— Le Dr Hatab n'est pas encore là.

— Je vais l'attendre dans ce cas.

Fontenay préférait s'entretenir d'abord avec le praticien afin d'en savoir un peu plus sur Mehdi. Prenant son mal en patience, il détailla les lieux dégradés par l'usure du temps. La peinture s'écaillait à plusieurs endroits, les barrières en métal peinaient à tenir debout. Au loin, il pouvait percevoir le brouhaha de la déchèterie proche. Il avait l'amère impression que, comme ces ordures, ces jeunes étaient délaissés, jetés à la poubelle par une justice qui n'arrivait plus à les canaliser autrement que par ces centres fermés. Malgré les promesses formulées, il avait du mal à savoir si le but était réellement de les réinsérer ou seulement de les contenir jusqu'à leur envoi dans une prison pour adultes.

Un homme se dirigea vers lui. Il se présenta comme le Dr Hatab et s'excusa pour son retard. Bien que Mehdi les attendait, le commandant demanda les choses à éviter afin de ne pas ruiner le travail du psychiatre. En entendant les mots du policier, le praticien grimaça.

— Je ne sais pas si on peut vraiment parler de travail avec Mehdi. Depuis plusieurs années, j'ai l'impression que je me contente de lui donner des anxiolytiques sans parvenir à avancer sur la raison de ses crises de colère, ni à le pousser à parler de son mal-être.

— Ah oui ? À ce point-là ?

— Oui. Surtout depuis qu'il a été envoyé ici après le meurtre de son accueillant familial.

Fontenay le sonda du regard avant de poser la question fatidique :

— Vous pensez qu'il est coupable ?

— Je préfère ne pas donner mon avis sur la culpabilité ou non des détenus que je suis. Mais pourquoi ? Vous avez une nouvelle piste ?

— On ne sait pas. On a un meurtre similaire mais sans aucun lien entre les victimes. Nous ne voulons rien laisser passer.

Comprenant qu'il n'en saurait pas plus, le psychiatre invita le commandant à le suivre. Habitué des lieux, il leur permit de progresser assez vite jusqu'au directeur du centre. Avant de laisser le commandant rejoindre le jeune détenu, ce dernier avisa Fontenay :

— Mehdi est dans une salle d'audition. On lui a expliqué qui vous étiez et ce que vous lui vouliez. Il semble d'accord pour s'entretenir avec vous, mais on n'est pas à l'abri d'un brusque changement d'avis.

Le commandant opina et marcha vers la pièce indiquée. Le psychiatre s'avança vers son patient et lui expliqua avec calme qu'il avait le droit de ne pas répondre à toutes les questions qui lui seraient posées. Nerveux et anxieux d'être réinterrogé sur le meurtre de son accueillant, Mehdi rabroua son thérapeute en lui lançant qu'il n'était pas un gamin et qu'il n'avait pas besoin qu'on lui tienne la main.

— Dans ce cas, on va parler d'homme à homme, lança Fontenay en s'installant face à lui.

Le psychiatre resta à distance de Mehdi, adossé au mur dans un coin de la pièce.

Le commandant détailla le jeune homme. Son visage était

dur, sa coupe de cheveux le vieillissait de plusieurs années. Comme le directeur l'avait expliqué, Mehdi El Maani paraissait être une bombe prête à exploser au moindre mot de travers. Fontenay avait l'habitude de travailler avec des jeunes difficiles, mais il savait aussi que tous étaient différents, que chacun avait ses faiblesses et ses tabous. Leur seul point commun était que les premiers échanges étaient primordiaux : ils instauraient un rapport de confiance ou de méfiance. Bien souvent, l'audition en dépendait. En l'occurrence, il sentait que considérer Medhi comme son égal avait eu un impact plutôt positif sur l'état d'esprit de ce dernier.

— J'ai quelques questions au sujet du meurtre de ton accueil...

— Je sais, on me l'a déjà dit, rappela-t-il sèchement. Posez-les, vos questions.

— Bien, comme tu veux.

Il lui montra une photo de Kévin Saulier.

— Tu le connais ?

Mehdi secoua négativement la tête.

— Tu es sûr ?

— Oui, je suis sûr ! Je suis pas encore complètement teubé !

Fontenay ne releva pas et lui montra ensuite une photo de Karim Rahmeh. La réponse se répéta.

— Je sais que tu n'étais chez les Nomée que depuis six mois, mais est-ce que tu trouvais que lui avait changé dans les derniers temps ? N'importe quoi de différent.

— Oui, il faisait sa « petite crise de la quarantaine », comme disait sa femme.

— Depuis combien de temps elle disait ça ?

— Deux semaines, trois jours et cinq heures. Et douze secondes.

Fontenay ne cilla pas face à l'ironie du jeune homme, et continua à poser ses questions comme si le jeune homme ne lui avait pas répondu.

— Est-ce que tu avais déjà entendu ton accueillant parler de tatouage ou bien d'une envie de se faire tatouer ?

Mehdi entrouvrit les lèvres, mais se ravisa.

— Attendez. J'y gagne quoi, moi, à vous aider ? demanda-t-il.

— À t'innocenter. C'est pas assez ?

— Ah, parce que maintenant je ne suis plus le coupable idéal ? Maintenant, vous vous posez des questions ? C'est bien, bravo !

— Tu ne t'es jamais défendu.

— Ça ne servait à rien puisque vous aviez déjà décidé que j'étais le coupable !

Mehdi semblait lutter pour ne pas exploser. Avec des adolescents comme lui, Fontenay savait qu'il ne fallait pas céder à l'agacement.

— Moi, je t'écoute. Alors, dis-moi ce que tu sais.

— Se tatouer, non, mais je sais qu'il avait encore des potes dans le milieu, reprit le jeune homme.

Le commandant fronça un sourcil.

— Comment ça, encore ?

— Il avait bossé dans un salon de tatouages avant d'être famille d'accueil. C'était un comptable, je crois. Il avait gardé un pote. Il passait le voir parfois.

— Tu te rappelles le nom de cet ami ?

— Je sais plus. Je l'ai vu, c'est tout, j'ai pas causé avec lui.

Mehdi lançait des pistes sans vraiment aider le policier. Cependant, Fontenay gardait en tête que la victime avait entretenu un lien avec le milieu du tatouage. Cela ne pouvait pas être un hasard.

Sentant qu'il n'aurait pas plus d'informations, il préféra mettre un terme à l'entretien.

— Ta coopération sera mentionnée dans ton dossier, précisa-t-il.

— Ouais, bien sûr.

Fontenay n'insista pas et quitta la salle d'audition. Le psychiatre resta avec Mehdi pour débriefer l'entretien. Le commandant ne s'attarda pas : il quitta les lieux et appela le commissariat pour répartir les premières recherches entre ses lieutenants.

Identifier le mystérieux ami d'Alphonse Nomée n'était pas très difficile. Gajeole y passa une partie de la soirée. Puis elle le contacta le lendemain matin et lui demanda de se présenter au commissariat dès que possible. Trois heures plus tard, Fontenay recevait Alex Loster.

Les deux hommes s'installèrent dans le bureau du commandant, qui expliqua à Loster pourquoi il voulait s'entretenir avec lui. Loster ne cilla pas et répondit qu'il était disposé à répondre à ses questions.

— Vous saviez que votre ami avait été tatoué avant son décès ?

— Non, absolument pas.

Le commandant lui montra la photo du dessin de la voiture. Le tatoueur ne masqua pas sa surprise devant une telle réalisation.

— Ça vous étonne ? lui demanda Fontenay.

— Il était dans sa phase de crise existentielle, alors pas vraiment. Après, c'est vrai qu'il n'était pas trop fan de ce genre de modification corporelle. Mais les gens changent.

— Vous n'êtes pas surpris qu'il ne vous ait pas demandé de le tatouer ?

Loster plissa le nez.

— Si vous savez quelque chose, dites-le-moi. C'est le meilleur moyen de rendre hommage à votre ami et de connaître la vérité sur son meurtre.

— C'est pas un des jeunes qu'il accueillait qui a avoué le meurtre ?

— Les choses pourraient évoluer dans les jours à venir.

Loster acquiesça alors que le commandant revenait à la

charge pour obtenir son sentiment sur la présence d'un tel tatouage sur le bras de Nomée.

— Parfois, il me demandait de lui montrer quelques techniques. Je ne serais pas étonné qu'il se soit mis en tête de se tatouer lui-même.

— Je vois. Où se serait-il procuré les aiguilles dans ce cas ?

— J'en sais rien. Sur Internet ou dans un salon pas trop regardant.

Le commandant remercia Loster et le laissa partir. Il resta plusieurs minutes enfoncé dans son fauteuil sans savoir quoi penser de cette situation. Si Nomée s'était tatoué lui-même, son meurtre n'avait rien à voir avec celui de Saulier. Il demanda au lieutenant Gomez de se procurer les comptes de l'accueillant familial pour vérifier si des mouvements bancaires pouvaient correspondre à l'achat d'un nécessaire de tatouage.

Toute la salle de travail fourmillait. Les diverses conversations à voix basse s'étaient surajoutées jusqu'à créer un bourdonnement. Un crissement de chaise rompit cette harmonie quand Gajeole se leva et toqua à la vitre du bureau de son supérieur avant d'entrer dans la pièce. Alors qu'elle fermait la porte, l'imprimante à droite du commandant grésilla et commença à cracher des documents. Gajeole s'expliqua avant que Fontenay ait pu comprendre.

— Je me suis raccordée à votre imprimante... Ça allait plus vite que d'aller tout chercher à l'autre bout du couloir.

— J'imagine que vous n'êtes pas là que pour vous épargner vingt mètres.

— Non. J'ai fouillé dans la vie d'Alex Loster. Lui aussi est assez populaire dans le milieu du tatouage. Et sur sa page Instagram, j'ai trouvé des photos qu'il partageait avec quelqu'un qu'on connaît déjà.

Elle invita son chef à regarder les documents qu'elle avait imprimés. Alex Loster posait aux côtés de différentes personnes, dont Karim Rahmeh. Plusieurs semaines séparaient les clichés, et tout portait à croire que les deux hommes cultivaient une amitié sincère. Fontenay arqua un sourcil. Ils se trouvaient à présent avec deux tatoueurs amis ayant chacun une personne assassinée dans leur entourage. À chaque fois, ils les avaient formées en catimini à manipuler une aiguille à tatouer.

Fontenay tenta d'appeler Alex Loster, considérant qu'il avait encore des choses à leur apprendre. Celui-ci s'excusa de ne pouvoir lui parler : il s'apprêtait à donner un cours dans une école de tatouages. Juste après avoir raccroché, le commandant se leva, ramassa sa veste et annonça à son équipe qu'il allait rendre visite à Loster. Il n'aimait pas qu'on le fasse attendre et voyait là une opportunité de mettre le tatoueur sous pression. Il proposa au lieutenant Gomez de l'accompagner.

Arrivés devant un immeuble sans charme dans un quartier éloigné du centre-ville, les deux policiers se référèrent à l'interphone pour savoir où se trouvait l'école. De l'extérieur, seule une petite plaque vissée au mur signalait l'existence de l'institut de formation. Ils s'engouffrèrent dans le bâtiment et gravirent les trois étages. La porte était ouverte. Ils entrèrent dans un appartement qui avait été rénové pour répondre aux besoins d'une école. L'entrée transformée en accueil donnait accès à une pièce ressemblant à une salle de cours, et à la petite cuisine devenue une cafétéria. Plus loin, dans deux autres pièces, un brouhaha rythmé par le son des aiguilles trahissait l'existence des salles de travaux pratiques. La secrétaire à l'accueil les pria d'attendre quelques instants et disparut.

— Ils savent agencer ici ! souligna Gomez.

— Il faut bien que les clients en aient pour leur argent.

Fontenay trouvait les lieux presque trop propres, trop lisses. Beaucoup trop de marketing et pas assez focalisés sur le métier en soi, pensa-t-il. Il imagina assez facilement un directeur en costume, sans le moindre tatouage, sorti d'une école de management et n'ayant aucun intérêt pour cette pratique que lui appréciait tant. Comme il s'y attendait, une personne très soignée les accueillit, sa seule erreur étant le sexe de l'intéressée. Elle les pria de la suivre dans une des salles de travaux pratiques avant de les laisser en compagnie de Loster qui s'occupait d'un petit groupe penché sur des peaux artificielles. Ce dernier ne dissimula pas sa surprise quand il les vit. L'air mécontent, il s'approcha d'eux.

— Je vous avais dit que je vous rappellerais ! s'exclama-t-il.

— On a préféré vous voir au plus vite. On a plusieurs questions, répondit Fontenay.

Bien qu'encore un peu déstabilisé, Loster acquiesça.

— Vous connaissez Karim Rahmeh, commença Fontenay.

— Oui, c'est un ami. Pourquoi ?

— Vous savez qu'il a passé la nuit dernière en garde à vue ?

— Oui. Ça a fait pas mal de bruit dans le milieu...

Gomez détailla un instant les étudiants derrière eux. Il s'attarda sur une jeune femme d'une trentaine d'années qui essayait d'imiter un motif réalisé sur un tableau blanc. Au vu des feutres étalés sur la table et des couleurs similaires sur les mains de leur suspect, il en déduisit que celui-ci venait de l'effectuer. Loster n'était pas seulement un tatoueur hors pair : c'était aussi un excellent dessinateur, Gomez l'avait constaté sur ses publications sur les réseaux sociaux. Il leva les yeux vers lui.

— Vous taguez parfois ? demanda-t-il de but en blanc.

Loster se raidit.

— Bon, écoutez, monsieur Loster, s'agaça Fontenay. Soit vous parlez, soit on continue cette conversation de manière plus officielle.

Le tatoueur les invita d'un rapide mouvement de la tête à le suivre dans le couloir, à l'abri d'oreilles indiscrètes.

— On était ensemble ce soir-là. Il a laissé cet homme seul dans son salon pour me rejoindre...

— Pour taguer la façade de la mairie, l'interrompit Gomez.

Fontenay fronça un sourcil : son lieutenant avait raison, lui aussi faisait partie des Dénonci'arts. Il dévisagea le tatoueur, qui abdiqua en silence. Ils n'avaient plus de suspect.

À peine étaient-ils sortis de l'immeuble que Fontenay sentit un regard lourd d'interrogations se poser sur lui. Le commandant lança un petit sourire de félicitations à son collègue.

— C'est pas parce qu'il y a une jeune nouvelle qui fait mumuse avec ses ordis que vos vieux lieutenants rouillés ne savent plus rien faire !

— Rassurez-vous, vous êtes incomparable, Gomez.

Le commandant pressa l'épaule de son lieutenant.

— Vous pensiez la même chose de moi quand je suis arrivé, lui rappela-t-il. Et finalement, ça fonctionne plutôt bien, non ?

Fontenay le lui accorda avec un sourire.

De retour au commissariat, le commandant entra dans la salle de travail et retira la photo de Rahmeh du panneau en verre. Il se tourna vers les lieutenants présents pour leur résumer ce qu'ils venaient d'apprendre. Puis il rejoignit son bureau et se laissa tomber sur sa chaise. Il avait besoin de tout reprendre à zéro, seul. Essayant de séparer les deux meurtres, il se concentra sur les cachotteries de Kévin Saulier, sa reconversion dissimulée, son cancer. Ils avaient vérifié chaque alibi : personne parmi ses proches ne soupçonnait quoi que ce soit. Son attention se porta sur la femme de Saulier. Il ne comprenait pas comment elle avait pu passer à côté de la maladie de son compagnon. Selon lui, quelque chose clochait dans les explications qu'elle leur avait communiquées. Le commissaire Mondras entra dans le bureau de Fontenay sans que ce dernier s'en aperçoive. Le commandant ne remarqua la présence de son supérieur que quand celui-ci claqua la porte dans son dos et le fixa d'un air déterminé.

— Bon, tu peux pas garder ça pour toi. Alors, parle.

Le commandant secoua la tête.

— Parler de quoi ?

— Antoine. T'étais clairement pas en train de bosser.

Fontenay serra les dents en détournant les yeux, mais finit par laisser tomber quelques barrières.

— Je sais pas comment j'aurais réagi, moi.

— Si Marina t'avait caché sa maladie ?

Le commandant hocha la tête en silence. Il pressa dans sa paume l'épaule gauche où était tatouée la date de leur mariage, juste au-dessus de la date de naissance de leur fils unique.

— Je ne comprends pas pourquoi ça me touche autant.

— C'est bientôt l'anniversaire de sa mort, remarqua son ami.

Le policier crispa le poing. Son fils lui avait servi le même argument. Des années après, ils pensaient tous les deux avoir fait leur deuil, mais il demeurait des dates pesantes... Il lissa sa barbe de la paume de sa main, le regard fuyant. Dans ces périodes, même se remémorer les bons moments ne fonctionnait plus.

Le commissaire pesa ses mots avant de renchérir. Ils se connaissaient depuis plus de vingt ans, il savait de quoi il pouvait parler et comment il pouvait aborder ces sujets. Il avait l'avantage d'avoir connu l'épouse de son ami et même d'avoir assisté aux prémices de leur relation, alors que tous les trois venaient de se rencontrer à l'université.

— Ce n'était pas le même contexte pour Marina. Ce n'était pas le même environnement, ce n'était pas le même cancer, énuméra Mondras.

— Je crois que c'est la première fois que j'ai affaire à un cancer dans une enquête depuis son décès. Et même après tout ce temps... ça ravive des souvenirs. Je pensais qu'avec les années j'aurais eu assez de recul pour affronter ce genre de situation. Il faut croire que je me suis trompé.

En face, le commissaire regardait son ami avec compassion.

— Tu as eu besoin de partir à l'autre bout du monde pendant

six ans pour tourner la page, remémora-t-il. Mais ça ne suffit pas pour ne plus souffrir.

— Sans doute.

Fontenay souleva discrètement sa manche pour révéler à la naissance de son poignet un tatouage tribal, souvenir de ses six années au Burkina Faso en tant que garde du corps pour un industriel. Une parenthèse pour lui et son fils, la seule solution qu'ils avaient trouvée pour faire leur deuil avant de revenir en France et de reprendre le cours de leur existence.

Après un bref silence, Fontenay rabattit sa manche, ferma l'onglet sur son écran et se réinstalla dans son fauteuil de bureau.

— Ce n'est pas la maladie de ma femme qui nous aidera à arrêter ce tueur. La maladie de Saulier n'était qu'une coïncidence qui l'a mis sur le chemin du tueur. Alors, maintenant, on doit comprendre ce qui peut pousser un individu à tuer et à tatouer deux hommes. Pour le moment, leur seul lien est la relation entre Rahmch et Loster. Mais ils sont tous les deux hors de cause.

— Un proche en commun ? suggéra le commissaire.

Fontenay ne réfuta pas cette piste. Il raccompagna son collègue. Depuis la porte de son bureau, il interpella la lieutenante Gajeole, qui se cachait derrière son écran d'ordinateur.

— Trouvez-moi tout ce que vous pourrez sur les hommes qui apparaissent avec Rahmeh et Loster sur les réseaux sociaux. Concentrez-vous sur ceux qui figurent plusieurs fois avec les deux en même temps.

— Bien, commandant, répondit-elle sans même lever les yeux.

5

Lassé de voir les minutes défiler sur son réveil, Fontenay s'était résigné à se lever, quitte à arriver un peu plus tôt que d'habitude au bureau. Il s'habilla en vitesse et quitta son appartement.

L'émission de radio qu'il écoutait habituellement sur le chemin venait à peine de commencer quand sa voiture pénétra dans la rue du commissariat. Son regard s'arrêta sur la façade du bâtiment qui faisait face aux locaux de la police. Il se gara en double file et descendit du véhicule sans se soucier des klaxons. Curieux, il s'avança vers le mur de l'immeuble : celui-ci était recouvert d'une peinture à peine sèche.

Elle représentait un personnage qui ressemblait à une version caricaturée de Rahmeh. La main droite pointait un énorme doigt d'honneur vers ceux qui le regardaient. La main gauche tenait un couteau maculé de sang et d'un liquide noir pouvant s'apparenter à de l'encre. Au deuxième plan, une autre personne était dessinée. Fontenay saisit tout de suite qu'il s'agissait de Loster. Il agitait une bombe de peinture. Son front avait été agrandi afin qu'on puisse y écrire le mot « Mytho ».

Une seconde volée de klaxons l'incita à se retourner. Il était prêt à aligner les impatients quand il se rendit compte qu'une autre voiture venait de se garer derrière la sienne. Gomez en sortit.

— C'est quoi, ce bordel ? s'exclama ce dernier.

— J'en sais rien.

Le message ne pouvait pas être plus clair : le tag accusait

Loster de mentir pour protéger Rahmeh. Ils devaient à nouveau réinterroger les deux hommes.

— Sortez-moi Gajeole de son lit. Je veux qu'elle nous trouve toutes les images possibles de cette nuit.

Fontenay tourna les talons sans attendre la réponse de son lieutenant.

Le commissaire Mondras observait le tag depuis la fenêtre de la salle de travail.

— Ça met de la couleur dans la rue, ironisa-t-il.

Fontenay tournait en rond dans la pièce. Derrière son écran, Gajeole compilait toutes les images des caméras qu'elle avait trouvées dans le quartier.

— Cela fait plus d'une semaine qu'on a libéré Rahmeh, grogna Fontenay. Pourquoi n'agir que maintenant ?

— Il aurait pu n'apprendre sa libération ou justement son implication dans les meurtres que dans l'intermède, proposa Gomez.

— Ou alors il a attendu le bon moment.

Ils se tournèrent tous vers Gajeole, qui leva les yeux de son écran.

— Il y a eu des travaux sur les lignes électriques cette nuit. Le courant a été coupé dans tout le quartier. Certaines fonctionnaient avec des batteries, mais une bonne partie des caméras sont inexploitables ou ne visent pas le bon endroit.

— S'il y avait des travaux, des techniciens ont sans doute vu quelque chose.

— Les travaux avaient lieu plus en amont, répliqua la lieutenante.

Ils réprimèrent un soupir frustré. Le tagueur n'avait pas agi sans réfléchir. Fontenay rejoignit Mondras, qui restait à la fenêtre.

— C'est criard, railleur, vulgaire. Comme tous les dessins des Dénonci'arts, invectiva le commandant.

Sans s'expliquer, il sortit son téléphone et commença à pianoter frénétiquement. Dans le bureau, tout le monde le regardait. Lorsqu'il s'en aperçut, il lança :

— On va voir ce que les principaux concernés pensent de cette caricature.

Deux adolescents pouffèrent de rire en passant devant le tag. Leurs gloussements s'arrêtèrent d'un coup quand ils remarquèrent les policiers adossés à côté du dessin. Ils pressèrent le pas et manquèrent de bousculer Karim Rahmeh qui arrivait à la hauteur du commandant. La mine agacée, le tatoueur écarquilla ses yeux mi-clos quand il se reconnut sur la peinture.

— C'est quoi, cette merde ?

— J'allais vous poser la même question, répondit posément Fontenay.

Rahmeh détaillait chaque parcelle du dessin, conscient du message qu'il portait.

— Vous allez quand même pas croire le connard qui a...

— Ça dépendra de vos réponses.

L'arrivée de Loster les interrompit. Sa mâchoire se serra.

— On pense que c'est un de vos *collègues* qui est à l'origine de cette œuvre d'art, annonça Fontenay.

Aucun des deux hommes ne protesta. De toute évidence, ils avaient tiré les mêmes conclusions que lui. La main de Loster était déjà posée sur son téléphone dans la poche de son jean. Dès qu'ils quitteraient le commandant, ils appelleraient le graffeur.

— Et maintenant ? Vous acceptez de balancer vos complices ?

— On ne sait pas de qui il s'agit, débita Rahmeh.

— Vous foutez pas de moi. Je sais que dès que vous partirez, vous irez régler vos comptes.

Aucun ne protesta.

— S'il a été capable de vous accuser de mentir, c'est que vous lui avez parlé des accusations qui planent sur vous.

La mine basse, Rahmeh ne disait plus rien. Fontenay se tourna vers lui. Il était le plus à même de craquer.

— S'il s'acharne à vous inculper, c'est que c'est sans doute lui le tueur qu'on cherche. Vous voulez vraiment couvrir un meurtrier ?

— C'est Alex qui m'a introduit dans le groupe, je ne connais pas tout le monde. Mais...

— Mais celui qui a fait ça, on le connaît. Et on lui a parlé de la garde à vue de Karim.

Les tagueurs échangèrent un regard. Bras croisés entre eux, Fontenay attendait qu'ils lui révèlent le précieux nom.

Les Dénonci'arts n'étaient plus.

Gomez arracha presque les feuilles de l'imprimante alors que tout le dossier de leur nouveau suspect n'était pas encore sorti. Édouard Despela, 33 ans, tatoueur professionnel. Il logeait dans un petit studio dans la capitale. Contrairement à Loster et Rahmeh, il ne s'illustrait pas sur les réseaux sociaux. Son nom n'apparaissait que sur le compte du salon où il exerçait depuis trois ans. Son casier judiciaire comportait deux condamnations qui dataient de quelques années pour dégradation de biens publics.

Fontenay croisa les bras, réfléchissant à ce qui aurait pu pousser Despela à réaliser ce tag qui accusait ses deux collègues. Il envisagea une jalousie de leur succès. Bien que les graffeurs soient sur un pied d'égalité dans le collectif, Rahmeh et Loster jouissaient d'une popularité qui leur permettait une vie plus confortable que la sienne.

— Je viens d'appeler le salon de tatouages où il bosse, indiqua Gajeole. J'ai récupéré son adresse. On peut essayer d'aller voir s'il est chez lui...

Fontenay se redressa et appela Gomez en renfort. Ils devaient lui parler.

Édouard Despela loucha sur la plaque de police que Gomez lui tendait. Il se décala avec lenteur pour qu'ils pénètrent dans son studio. Le commandant lui fit face.

— Vous connaissez Karim Rahmeh et Alex Loster ?

— De nom.

— Seulement de nom ?

Despela ne répondit pas immédiatement. Pendant que le commandant se chargeait des questions, le lieutenant Gomez déambulait dans la petite pièce en réprimant une grimace de dégoût. Une odeur infecte flottait dans tout l'appartement. Un clic-clac fatigué ouvert, une couette roulée en boule avec une manette de console posée dessus, une minuscule kitchenette avec de la vaisselle en attente depuis quelques jours et des fruits qui fermentaient sur le plan de travail, tout portait à croire que le locataire passait peu de temps ici. En même temps, l'immeuble paraissait tomber en morceaux. Il jeta un œil dans le sac à dos à moitié ouvert contre le lit.

— Fontenay, lança-t-il en désignant la besace.

Gomez en extirpa des bombes de peinture. Despela blêmit, le regard rivé sur les policiers aux visages devenus plus sévères.

— Vous n'aimez pas la vue de l'hôtel de police ? plaisanta Gomez. Vous aviez envie d'y mettre votre touche perso ?

Despela resta muet, le souffle court. Une intuition poussa Fontenay à fouiller un peu plus l'appartement. Il n'avait ni mandat ni autorisation, mais il savait que Despela ne moufterait pas. Il ouvrit un placard, déplaça une commode, souleva le matelas du clic-clac : il cachait une boîte à chaussures. À l'intérieur, Gomez découvrit des liasses de billets. Au premier coup d'œil, il y en avait pour 50 000 euros. Quand il se retourna vers leur suspect, ce dernier recula de plusieurs pas jusqu'à heurter la gazinière de sa cuisine. Des gouttes de sueur perlaient sur son front.

— Vous avez une explication ? questionna le commandant.

Despela secoua la tête dans un spasme. Gomez s'approcha

de lui. Quand il lui empoigna le bras, Despela le repoussa et trébucha en arrière.

Bruit sourd.

Lumière aveuglante.

Souffle brûlant.

Silence.

6

Bip régulier proche.
Brouhaha au loin.
Tête lourde, bras engourdi, une jambe douloureuse.
Bip régulier.
Une voix agacée.
Goût métallique en bouche.
Néon éblouissant.
Une main qui réduit la lumière.

Fontenay rassembla ses sens. Son regard suivit le fil qui montait du cathéter à une poche. À gauche, il aperçut un écran sur lequel des courbes ondulaient et d'où émanait un bip régulier. Une odeur d'alcool à désinfecter flottait dans l'air.

Quel jour était-il ? À quand remontait son dernier souvenir ?

Un flash, un choc. Non.

Des flammes, une déflagration.

Le bip s'accéléra.

Gomez. Despela.

Une alarme retentit.

De l'air.

Une porte s'ouvrit. Une voix douce échoua dans ses oreilles.

Se calmer. Respirer. Doucement. Ou bien autre chose.

Il discerna les traits fatigués qui lui parlaient. Il reprit ses esprits après quelques instants. L'infirmière remonta le dossier du lit.

— Combien... de temps...

— Vous êtes arrivé hier soir.

Il hocha la tête. Quand il voulut bouger, une douleur lui déchira la jambe droite. Il tira le drap et découvrit des bandages avec une date griffonnée dessus. Des éraflures recouvraient son corps.

— Vous vous souvenez de ce qui s'est passé ?

— Je me souviens d'une explosion...

L'infirmière acquiesça. Son air rassurant se mua en crainte quand des éclats de voix se firent entendre dans le couloir. Elle s'excusa et quitta la pièce.

Fontenay saisit sa tête entre ses mains. Un bourdonnement incessant lui vrillait les tympans. Il eut un flash : il y avait eu une altercation entre Gomez et Despela dans la cuisine puis la gazinière avait explosé. Il devait y avoir une fuite. Il fallait qu'il parle au lieutenant pour qu'ils corroborent leurs versions. Il avait peut-être vu autre chose.

Il entreprit de constater l'ampleur des dégâts sur son corps, mais la douleur l'assommait. Chaque mouvement lui demandait une quantité d'énergie colossale.

Le brouhaha continuait dans le couloir. La porte s'ouvrit. L'infirmière s'approcha de lui accompagnée d'un homme qui mesurait deux têtes de plus qu'elle. Il portait un brassard qui indiquait qu'il s'occupait de la sécurité.

— Est-ce que vous avez des souvenirs de cette nuit ?

— Pourquoi ?

Ils échangèrent un regard gêné.

— Il y a eu une tentative d'intrusion dans le service cette nuit. On pense que cette personne est venue pour vous. Elle a demandé votre chambre.

Des gouttes de sueur perlèrent dans le dos de Fontenay.

CHAPITRE 6

— J'ai rien remarqué, mentit-il. On a vu cette personne entrer ?

— Non. Elle s'est fait passer pour un interne d'orthopédie. Avec votre blessure à la jambe, cela semblait crédible. Mais à force, on connaît les internes. Elle a pris la fuite quand elle a compris.

— On a vu son visage ?

Le vigile acquiesça. Il lui tendit son téléphone où se trouvait une capture d'écran de la vidéosurveillance. Fontenay observa la figure pixelisée de la femme, qui était affublée d'une blouse d'hôpital. Il zooma et dézooma à plusieurs reprises sur l'intruse. Impassible, il demanda au vigile de lui envoyer la photo, qu'il se chargerait de transmettre lui-même à son service. Satisfait de se débarrasser d'une tâche supplémentaire, le vigile ne broncha pas. Une fois l'image envoyée, il quitta la chambre avec l'infirmière qui l'accompagnait pour laisser Fontenay se reposer.

Le commandant bascula la tête en arrière pour rassembler ses idées. Puis il attrapa son portable à présent près de lui et chercha dans son répertoire un numéro qu'il appela.

Répondeur.

Rappel.

Répondeur.

Troisième tentative.

Répondeur.

Il écrivit un SMS.

J'ai intercepté la vidéosurveillance où on te voit.
Soit tu me rappelles maintenant,
soit tu t'expliques au commissariat.

Son téléphone sonna quelques minutes après.

— Qu'est-ce que tu as tenté de faire cette nuit ? demanda-t-il en décrochant.

Silence. Il réitéra sa question avec plus de véhémence.

— Je vais t'envoyer une adresse. Vas-y, débita une voix féminine.

Il resta interdit quelques instants.

— Pardon ? Tu te moques de moi ?

— T'as pas besoin d'en savoir plus, répliqua-t-elle.

— Pas besoin d'en savoir plus ? Tu plaisantes ? Tu t'es introduite en pleine nuit dans un hôpital pour me voir !

— Rends-toi à cette adresse et ne m'appelle plus.

La voix de l'autre côté du téléphone tremblait, comme si elle avait peur qu'on la surprenne.

— Tu ne peux pas débarquer comme ça sans t'expliquer. C'est quoi, cette adresse ? Y a quoi là-bas ?

— Je te laisse pas le choix. Maintenant, ne m'appelle plus.

La femme raccrocha aussitôt. Le téléphone retomba à côté de Fontenay. Un instant, il se demanda s'il n'avait pas rêvé. Cela n'avait pas de sens. Cette intrusion, cette conversation...

Pourquoi n'était-elle pas simplement venue lui parler ? Ils n'étaient pas étrangers. Il se frictionna le visage. Une intuition lui soufflait de lui faire confiance.

Il se résigna. Il tenait à peine assis. Il avait besoin d'aide.

Il mobilisa les dernières forces qui lui restaient pour appeler Gajeole.

7

La ville était calme comme rarement. Les fenêtres closes gardaient la chaleur des appartements. Le ciel gris menaçait la rue et la privait du peu de lumière disponible en cette fin d'après-midi. Le froid figeait ceux qui se risquaient à s'arrêter pour récupérer leur courrier dans le local des boîtes postales au milieu de l'allée.

Des pas se firent entendre. Puis deux silhouettes apparurent. L'une peinait à suivre l'autre avec ses quinze centimètres de moins. Gajeole et Mondras s'arrêtèrent devant les boîtes postales. Ils détaillèrent l'empilement de coffres en tôle grisâtre scellés par divers cadenas. Certains étaient cabossés, et la peinture s'écaillait à plusieurs endroits. Avec la pluie qui menaçait de tomber, il valait mieux ne pas laisser son courrier dans une boîte à la perméabilité douteuse.

— Comment reconnaît-on la bonne ? grommela le commissaire.

— Fontenay m'a dit qu'elle serait à son nom, répondit la lieutenante en scrutant les inscriptions.

Elle trouva la boîte concernée. Mondras jura en découvrant un cadenas à code qui les empêchait d'accéder au contenu d'origine inconnue. Il n'eut pas le temps de songer à aller chercher une pince pour faire sauter le cadenas : Gajeole s'en était saisie. Le commandant lui en avait donné le code. Malgré ses doigts gelés, Gajeole tourna les chiffres jusqu'au cliquetis tant espéré. Elle ouvrit le casier avec appréhension. D'un coup de griffe, Mondras saisit l'unique objet présent : une clé USB rose et abîmée. Tous deux restèrent immobiles pendant une seconde, interloqués. L'idée qu'il s'agisse d'une odieuse plaisanterie leur traversa l'esprit.

La lieutenante ouvrit son sac pour en extraire son ordinateur. Elle glissa la clé dans le port USB. Une fenêtre contenant divers documents s'afficha : il s'agissait essentiellement d'images. Gajeole ouvrit quelques fichiers au hasard.

Accroupie au milieu du trottoir, l'ordinateur posé sur ses genoux, elle ne considéra même pas le passant qui la dévisageait. L'ignorant également, Mondras se baissa pour lire par-dessus l'épaule de la jeune femme. Les expressions de leur visage évoluaient au fil de leurs découvertes. Au bout d'une minute, Mondras se releva, livide.

— Je pense qu'on devrait continuer au bureau. C'est trop dense. Et sûrement trop grave, conclut-il.

À ses mots, Gajeole acquiesça en fermant l'appareil. Elle revint à la hauteur de Mondras, rendue muette par leur première exploration des documents. Elle fixa la clé et l'ordinateur. Ils détenaient peut-être entre leurs mains le fin mot de cette affaire.

Ses yeux bouffis trahissaient Eliott. Il avait pleuré. Fontenay ressentit un pincement au cœur d'avoir infligé une telle peur à son fils. Il lui ouvrit les bras pour l'enlacer. Le jeune homme réprima un hoquet et se pencha vers son père. Ils se tinrent serrés l'un contre l'autre pendant quelques secondes. Puis Eliott se redressa et s'assit sur la chaise à côté du lit, avant d'interroger son père sur son état. Fontenay sourit, amusé, avant de saisir la main de son fils.

— Je suis stabilisé et hors de danger. J'aurai sans doute besoin de rééducation pour ma jambe, mais je pourrai sortir bientôt.

— Tu pourras, ou tu veux sortir bientôt ?

Fontenay s'obstina. Il se sentait bien, et il voulait résoudre cette affaire.

— On va interroger Despela, il va parler et tout sera terminé. Et on se prendra quelques jours ensemble loin de Paris.

Il lut de la surprise dans les yeux d'Eliott. Peut-être même de la peur.

— Mais papa... On t'a rien dit ?

Devenu soudain tendu et livide, Fontenay sonda son fils de haut en bas. Sa voix s'était faite plus aiguë.

— Tu es le premier à venir me voir depuis mon réveil ce matin.

Sans lâcher la main de son père, Eliott quitta sa chaise pour s'asseoir sur le bord du lit.

— Tu es le seul survivant.

Le cœur du commandant rata un battement. Paralysé, Fontenay ne répondit rien. Il secoua la tête dans un spasme. Des flashs de l'explosion lui revinrent à nouveau. Les deux hommes devant la plaque. Les flammes qui jaillissaient entre eux. Le souffle qui le poussait derrière le lit. Il regarda sa jambe blessée mais pas brûlée. Il s'était pris des débris, pas des flammes.

— Mais Gomez...

Les yeux de son fils se remplirent de larmes. Il serra un peu plus fort la main de son père entre ses doigts tremblants. Il luttait pour parler sans sangloter.

— Je suis désolé...

La nausée gagna Fontenay. Ses épaules s'alourdirent. Ses oreilles sifflèrent un peu plus fort. Les draps rêches le brûlaient. Alors qu'il était jusqu'à présent plongé dans le déni, la vérité venait de le gifler brutalement. Un flot de colère et de culpabilité le submergea. Il ne pouvait pas s'en sortir si facilement alors que deux hommes étaient morts. Le souffle court, il demanda à son fils de le laisser seul.

Les doigts de Gajeole filaient sur le clavier, pas assez vite cependant pour le commissaire qui pianotait bruyamment sur le bord du bureau. Après de longues secondes, elle ouvrit plusieurs documents qui ressemblaient à des photos prises en cachette, des vidéos, des échanges de messages sur une application de messagerie instantanée. Le commissaire se pencha pour mieux voir l'écran.

Il s'agissait d'échanges entre Despela et un inconnu qui se faisait appeler « Sauveur ». Ils évoquaient un tag réalisé par le tatoueur, puis ses dettes. Il y était fait mention d'un « accord » qui pouvait être envisagé.

— On était au courant de ces problèmes d'argent ? interrogea le commissaire.

— Oui. J'avais fouillé les comptes de Despela pendant que...

Elle s'interrompit. Le silence de la pièce devint un peu plus pesant. Ces dernières heures avaient été intenses. Ils n'avaient pas eu le temps de réaliser ce qu'il s'était passé. Gajeole tira ses cheveux en arrière pour occuper ses mains. Le commissaire émietta la jointure du bureau qui se décrochait. Le reste de l'équipe avait déjà quitté les lieux. Ils étaient seuls. Sans Fontenay. Sans Gomez. Après ce court moment d'absence, la lieutenante se ressaisit. Elle attrapa la note où étaient énumérés les crédits à la consommation et les paiements sur des sites de jeux d'argent. Étant donné les retraits de Despela, elle le soupçonnait de fréquenter des cercles clandestins. Ils reprirent leurs explorations des dossiers. Une photo attira leur attention. Elle avait été prise dans l'embrasure d'une porte. On y voyait une personne de dos qui observait une photographie. L'homme sur celle-ci ressemblait à Alphonse Nomée. À en croire l'environnement immortalisé par le cliché, il s'agissait de quelqu'un d'aisé.

— Despela aurait peut-être contracté des dettes auprès de gens infréquentables, supposa Mondras. On lui aurait demandé de tuer Nomée et Saulier pour les éponger ?

— C'est une possibilité. Il aurait été dos au mur, et quelqu'un aurait utilisé sa détresse.

Les deux policiers continuèrent d'écumer le dossier. Ils tombèrent sur une nouvelle photo. Cette fois-ci, il s'agissait d'un homme à la peau cartonneuse, dont la mâchoire était déformée par une immense cicatrice. Il fixait l'objectif de son œil vitreux et semblait sourire à en croire le coin droit de ses lèvres, discrètement soulevé. La photo illustrait un article d'une revue financière qui présentait cet homme dans les grandes lignes.

— Ce serait lui, le commanditaire ? s'étonna la lieutenante.

— Probablement. Comment Fontenay a obtenu cette information ?

— Un indic, apparemment. J'en sais pas plus.

Mondras se redressa, le regard sombre, peu convaincu. Il demanda à la lieutenante d'extraire tout ce qu'elle trouverait et de compiler cela pour l'apporter au commandant.

Quand la porte s'ouvrit, Fontenay s'efforça de s'asseoir. Il resta silencieux lorsque Gajeole et Mondras s'avancèrent et se postèrent chacun d'un côté du lit. Il suivit du regard le commissaire, un mélange de colère et de douleur dans la gorge.

— Tu viens que maintenant ? T'osais pas m'annoncer la mort de Gomez ?

Mondras baissa les yeux sans nier et se balança d'un pied sur l'autre en se cherchant des excuses.

— Je voulais que tu te reposes.

— J'ai pas besoin que tu me maternes, Clément. Et j'aurais aimé l'apprendre par quelqu'un d'autre que mon fils.

— Excuse-moi, je voulais m'assurer que tu étais stable avant...

Ignorant les remords de son ami, Fontenay se tourna vers la lieutenante en lui demandant ce qu'elle avait trouvé sur la clé USB. La jeune femme extirpa une tablette de son sac et la lui tendit. Elle le laissa naviguer entre les différentes preuves et tirer ses propres conclusions.

— Tuer pour éponger ses dettes, ça se tient. On a trouvé beaucoup d'argent liquide dans l'appartement de Despela.

Il plissa le nez : tout avait probablement brûlé. Mondras mentionna l'existence de billets calcinés.

— Vous pourriez remonter à l'adresse IP des messages ? poursuivit-il.

— Ce sont des photos prises sur un écran. Je ne peux rien en tirer. Et cette appli de messagerie instantanée ne garde pas d'archives. Tout fonctionne avec des pseudos et des salons de discussions accessibles par des liens.

Dans un grognement frustré, Fontenay continua de passer en revue les documents. Lorsqu'il arriva sur l'homme défiguré, Gajeole se lança dans la présentation.

— Lui, c'est Paul Deveult. Il gère une entreprise de BTP appelée Expert-Construction. Il l'a fondée à l'âge de 36 ans, en 1991. Après des débuts difficiles, sa boîte a commencé à gagner en influence ces vingt dernières années. À présent, elle est active dans l'immobilier et dans les travaux publics. Elle se développe sans cesse en France et à l'étranger. Récemment, Expert-Construction a décroché un contrat pour les infrastructures des Jeux olympiques 2024.

— Et son visage ? poursuivit Fontenay.

— Accident de voiture en 1999. Deux véhicules qui se sont heurtés en pleine campagne. Les conducteurs ont été éjectés des véhicules. Les corps étaient tellement abîmés qu'ils étaient impossibles à identifier. Deveult est le seul survivant. C'est seulement après plusieurs semaines qu'il a commencé à retrouver la mémoire. Dans une interview qui était aussi sur la clé, il parlait d'amnésie rétrograde séquellaire encore présente aujourd'hui.

— Personne n'a pu reconnaître les corps ?

— Toute sa vie, Deveult s'est consacré à sa boîte. Il n'avait pas d'amis, pas de famille et ses parents étaient décédés.

— Et l'autre conducteur ?

Gajeole lui reprit la tablette des mains pour afficher ses recherches et afin qu'il puisse suivre ses explications.

— Claude Lafontaine. Même âge, même corpulence. Lui avait de la famille, mais selon le rapport de police de l'époque, ses deux sœurs ont refusé de reconnaître le corps. *A priori*, elles n'avaient plus vu leur frère depuis vingt ans. Il avait une femme et un fils, mais ces derniers ont disparu des radars depuis 1983.

— Lafontaine n'avait jamais signalé leur disparition ?

— Non. Mais c'était un type assez bizarre. J'ai trouvé plusieurs mentions de violences sur sa femme et son fils. À l'époque, le 119, c'était de la science-fiction, mais s'il débarquait chez les flics pour dire que son fils de 8 ans et sa femme avaient disparu, il aurait été le premier suspect. En tout cas, en 1999, la police n'a pas jugé utile de creuser. Deveult avait récupéré sa mémoire, donc Lafontaine a été identifié par défaut. Fin de l'histoire.

Plus pâle et fébrile qu'à l'accoutumée, Fontenay détaillait la photo de Lafontaine. Il retourna sur celle de Deveult après l'accident. Il plissa les yeux et ancra son regard dans le seul œil encore valide à l'écran.

— Et si Lafontaine avait profité de la confusion pour usurper l'identité de Deveult ? suggéra-t-il.

— Depuis plus de vingt ans ? s'étonna Gajeole.

— Deux hommes solitaires, défigurés, la police incapable de les identifier. Il suffit de fermer les yeux cinq minutes dans ce service pour entendre les soignants parler entre eux des autres patients ou même de vous-même pendant les transmissions. Il aura sans doute récolté assez d'informations avant de prétendre être un homme ayant une meilleure condition sociale que lui. C'était facile de jouer la carte de l'amnésie pour combler les trous.

Mondras croisa les bras, dubitatif. Cette thèse lui semblait hâtive.

— On doit mettre la main sur la femme et le fils de Lafontaine. S'ils ne sont pas morts, ils sont peut-être impliqués dans notre affaire. Antoine, je sais que tu protèges tes indics, mais il nous faut le nom de la personne qui t'a mené à cette clé...

— J'ai essayé de remonter la chaîne, coupa-t-il. L'information a transité par plusieurs intermédiaires pour brouiller les pistes.

Il prétendit être fatigué. Gajeole s'éclipsa, mais Mondras s'obstina. Il attrapa une chaise et s'assit. La tristesse se lisait sur son visage.

— Antoine, je ne voulais pas te mentir. Mais je ne trouvais pas les mots. Et... tout s'est précipité avec ton indic, les nouvelles informations...

— Ne te cherche pas d'excuses.

Mondras baissa les yeux, conscient de son erreur. Ils se connaissaient depuis la première année de droit de Fontenay. Ils avaient passé leurs concours en même temps. Celui des sous-officiers pour Fontenay, celui des officiers pour lui. Leur amitié avait été indéfectible depuis, même lorsqu'il avait quitté la France pour faire son deuil. Pour la première fois, leur relation s'émaillait. Par sa faute.

— Comment Eliott a su pour Gomez ?

— C'est moi qui l'ai informé que tu étais en réa. Pour passer le temps et le stress, il m'a demandé comment allaient les autres personnes dans la pièce. Quand je lui ai dit qu'elles étaient mortes, il a paniqué, forcément.

Fontenay se crispa. Il pensa à la famille du lieutenant. Il s'était toujours juré d'informer personnellement les proches des membres de son équipe en cas de décès. Il avait l'impression amère de négliger dix ans de travail d'équipe, d'insulter la mémoire de Gomez. Il sursauta quand Mondras posa sa main sur son épaule.

— On va trouver le responsable. Il va payer. Pour Gomez et pour tous les autres.

— Il n'y a pas de responsable. Tu as vu l'état de l'immeuble ? En heurtant la gazinière, Despela a dû déclencher le brûleur, ce qui, en cas de fuite, a pu provoquer l'explosion.

— Une expertise est quand même en cours. Ça risque de prendre plusieurs semaines.

— Vous pensez que l'explosion était d'origine criminelle ?

— On explore toutes les pistes. Même si l'immeuble tombait en ruine, on ne néglige rien.

Fontenay acquiesça en silence, le regard terne.

— Antoine, je sais ce que tu t'imagines. Mais tu n'es pas responsable. Tu n'as pas à t'en vouloir pour la mort de Gomez.

Le commandant ne répondit pas, prostré dans ses pensées.

— S'il te plaît, ne fais pas comme pour la mort de ta femme. Parles-en.

— Je ne vois pas le rapport.

— Dans les deux cas, tu te sens responsable alors que tu n'y peux rien, je te connais.

Fontenay soupira lentement. Évidemment qu'il culpabilisait. Gomez n'était pas obligé de le suivre chez Despela. Il aurait dû être à sa place.

— Il y a une psychologue actuellement dans ta brigade. Tu veux que je lui demande de passer te parler ?

Fontenay secoua la tête. Il n'avait pas envie de ressasser ses remords avec une inconnue. Mondras insista. La dernière fois que Fontenay avait été confronté à un deuil, il s'était exilé au Burkina Faso pendant des années. Son ami refusa. Après une brève accolade, Mondras le laissa seul. Le commandant se rallongea, le cœur lourd.

Il resta plongé dans le silence, le regard perdu dans le vide. Il sentit des fourmis dans ses doigts. Il baissa les yeux sur la main gauche qui étranglait son avant-bras au niveau d'un tatouage d'avion. Puis il relâcha la pression. Le scope derrière lui sonna. Son cœur battait trop vite. Il respirait mal. Agacé par le bip incessant, il se contorsionna pour couper le son. Il se massa les tempes avec la paume de ses mains. Il rêvait de silence. D'un vrai silence.

8

Fontenay réprima une grimace de douleur quand son pied toucha le sol. Puis il empoigna sa béquille et s'appuya dessus pour soulager les décharges électriques qui lui sciaient la jambe. Il relativisa. Même si la douleur persistait, il tenait beaucoup mieux debout qu'une semaine auparavant. Il se tourna vers le sac que son fils lui avait apporté. En le lui tendant, Eliott insista sur le fait qu'il n'était pas obligé de se rendre à l'enterrement du lieutenant Gomez, mais ses arguments tombaient dans l'oreille d'un sourd. Fontenay avait trouvé son fils un peu pâle. Il avait mis cela sur le compte du stress de ces derniers jours. Sans plus y penser, il extirpa son uniforme du sac et le déplia. Il ne savait pas depuis combien de temps celui-ci végétait dans son armoire. En réalité, il suffisait de se souvenir du dernier décès d'un policier, date que Fontenay préférait oublier. Il enfila la tenue sans conviction. Elle sentait la mort et le deuil. La porte s'ouvrit sur un interne qui lui tendit les documents stipulant qu'il quittait les lieux pour les prochaines heures et que l'hôpital déclinait toute responsabilité durant cette permission. Fontenay remercia le soignant et s'en alla après s'être débarrassé de son bracelet d'identification. Mondras l'attendait dans le couloir. Il portait lui aussi son uniforme, différent de celui de Fontenay au regard de son grade, mais exhalant la même odeur de tristesse qui collait au textile.

— Tu es vraiment sûr de vouloir y aller ? Ça fait à peine dix jours, tu as besoin de...

— On a déjà eu cette conversation, coupa Fontenay, la mine sombre.

— Personne ne t'en voudra si tu n'y vas pas.

Fontenay émit un soupir qui se transforma en grognement agacé. D'abord son fils, maintenant Mondras, il en avait assez de se justifier.

— Clément, je lui dois au moins ça. À lui et à sa famille.

Il s'appuya sur sa béquille pour s'avancer dans le couloir. Les médecins l'observaient du coin de l'œil, hésitant à revenir sur leur décision. Il récupérait vite, mais la prudence était de mise.

Le commissaire le conduisit dans un lourd silence au crématorium devant lequel plusieurs personnes étaient déjà réunies pour assister à la cérémonie. Tous les policiers étaient en tenue. Une appréhension figea Fontenay alors que sa main serrait la poignée de la portière : il avait survécu, sa présence ne serait-elle pas considérée comme indécente ? Pouvait-il vraiment s'afficher ici, arborant sa blessure, alors qu'ils avaient tous le cœur déchiré ? Dans quelques semaines, ses bandages auraient disparu. Gomez, lui, ne reviendrait pas. Il se ressaisit : partir maintenant équivaudrait à salir la mémoire du lieutenant. Il n'avait pas le droit de fuir. Il sortit de la voiture.

Le bruit de la béquille sur le sol signala son arrivée plus bruyamment que prévu. Plusieurs personnes se retournèrent sur lui. Des murmures s'élevèrent, beaucoup avaient pensé qu'il ne viendrait pas. Ignorant les regards posés sur lui, Fontenay se dirigea vers deux hommes âgés d'une vingtaine d'années. Ils acquiescèrent de principe quand il leur demanda s'ils tenaient le coup. Une femme d'une quarantaine d'années gardait un visage impassible malgré le voile de larmes qui rougissait encore ses yeux.

— Divorce ou pas, il reste le père de mes garçons, justifia-t-elle.

Fontenay ne savait pas quoi répondre. Il se sentait tellement coupable. Il se tenait là, agrippé à sa béquille devant la famille de celui qui n'avait pas survécu à l'explosion. Pensaient-ils qu'il fanfaronnait ? Qu'il exhibait le fait d'être en vie ? Il ne put y réfléchir plus longtemps, la cérémonie débuta. Il s'isola au fond de la pièce et écouta les nombreux hommages rendus au lieutenant dévoué, une boule de culpabilité grossissant dans sa gorge à mesure que des sanglots autour de lui se faisaient entendre.

Le lieutenant Gomez était adoré de tous. Personne ne pouvait le détester.

Les employés du funérarium s'approchèrent du cercueil pour le conduire à la crémation pendant qu'ils assisteraient à celle-ci depuis la petite pièce sur un écran. Ne voulant pas voir ce macabre spectacle, plusieurs personnes achevèrent là l'hommage. Seule une dizaine d'autres restèrent, dont le commandant. Il fut rejoint par Mondras, qui fixait ses pieds pour ne pas voir les flammes avaler le cercueil en teck.

— On trouvera, murmura Fontenay.

L'écran s'éteignit. Le commissaire prit son mal en patience quand les fils de Gomez ouvrirent le cortège.

Une semaine plus tard.

Le sac glissa le long de son épaule et s'écrasa sur le sol. Négligeant le linge à l'intérieur, Fontenay se traîna jusqu'à son canapé. Une fois assis, il posa sa béquille sur l'accoudoir. Il passa ses doigts sur la table basse. Deux semaines d'absence avaient suffi pour que la poussière prenne possession des lieux.

Le ménage attendrait qu'il retrouve des forces. Il se contorsionna pour retirer sa veste sans se lever. Il en extirpa son portable qui affichait déjà plusieurs messages. Son fils proposait de venir le soir même pour l'aider, Mondras l'informait de l'absence d'avancées sur l'affaire, un brigadier lui souhaitait bon rétablissement, sa mère l'invitait à nouveau à venir en convalescence dans sa maison de campagne. En dessous de ces SMS, il restait le message envoyé par l'intruse de la réanimation. Elle ne l'avait pas rappelé. Elle avait balancé ses informations, puis elle avait disparu. L'enquête n'avançait pas, et tout portait à croire que cette femme avait connaissance d'éléments importants. Il avait besoin de réponses. Il tenta de nouveau de téléphoner à sa seule piste fiable qui, comme prévu, ne répondit pas. Il se résigna et composa un autre numéro.

— Commandant ? Tout va bien ? interrogea Gajeole.

— Oui. J'ai besoin d'un service, commença-t-il en se massant la tempe.

Elle accepta. Il hésita, redoutant un trop long débat avec le concerné si celui-ci apprenait ses recherches et ses mensonges.

— Promettez-moi de ne pas en parler à Mondras.

— Pourquoi ? demanda la lieutenante, moins assurée. Qu'est-ce qui se passe ?

— Gajeole, s'il vous plaît.

— Je vous le promets, céda-t-elle en trépignant.

— J'ai besoin que vous fassiez des recherches sur une femme qui s'appelle Esther Ollet.

— Encore un de vos indics ?

— Posez pas de questions. Je passerai sans doute dans quelques jours, vous me direz ce que vous avez à ce moment-là.

— D'accord.

Il ne savait pas si son absence de questions était une preuve de loyauté ou de crainte. Il ferma les yeux quelques instants. Enfin, du calme. Du silence. Pas de scope, pas d'alarme, pas de respirateur.

Une perle de sueur s'écrasa sur sa main. Le souffle court, Fontenay serrait les dents. Sa jambe l'avait réveillé au beau milieu de la nuit, l'extirpant d'un cauchemar. Un énième. Il se laissa retomber sur le dos. Il se concentra sur sa respiration pour oublier la douleur. L'obscurité, la nuit blanche, le trou noir, le flash. Silence, détonation. Éveil, réveil. Une boucle. Il ferma les yeux et pressa son front dans sa paume. Se vider l'esprit. Oublier un instant l'explosion.

La douleur migra dans son bras. Un craquement émana de sa mémoire. Des cris. Des pleurs.

Il saisit son poignet. Ses pupilles dilatées se raccrochèrent au tatouage d'avion sous ses doigts. Le premier d'une longue liste. Le plus symbolique. Celui qui avait matérialisé un tournant dans sa vie. Il referma les yeux et puisa dans ses souvenirs lointains. Le ronronnement de l'aiguille, la sensation désagréable sur sa peau sans être douloureuse, le visage du tatoueur. Il avait 19 ans. Sa nuit s'apaisa une heure. Le temps de ce souvenir.

9

La mousse coulait le long du caniveau jusqu'au bout de la rue. La sueur ruisselait sur le front de l'agent d'entretien. Les ordres avaient été clairs : il fallait en priorité effacer le doigt d'honneur. L'homme pestait contre l'abruti qui avait réalisé ce tag. Les membres de la police municipale étaient passés. Ils avaient maudit la brigade criminelle. Ils ne croyaient pas en ce soi-disant indic anonyme. Au contraire, ils se doutaient que leurs collègues connaissaient ce groupe qu'ils chassaient depuis deux ans.

Un taxi passa devant le nettoyeur et s'arrêta devant le commissariat. Fontenay en descendit. Il se sentait ridicule d'avoir fait appel à un chauffeur, mais sa blessure l'empêchait de conduire. Il poussa la porte de l'épaule. Un brigadier lui vint en aide. Il le remercia, agacé d'avoir besoin d'assistance pour entrer dans un bâtiment où il venait chaque matin. Il se dirigea vers la salle de travail. Gajeole était derrière son ordinateur. Dos à lui, elle ne remarqua sa présence que quand il la salua.

— Alors lieutenante, vous avez du nouveau ?

— Pas vraiment. Pour le moment, je ne trouve rien à propos de la famille de Claude Lafontaine.

— Et sur vos autres recherches ?

Elle s'assura d'un coup d'œil autour d'eux que personne n'était dans la pièce avant d'ouvrir le dossier qui l'intéressait.

— Vous auriez pu me dire que c'était une ancienne collègue !

— C'est un détail.

— Ça dépend de ce que vous lui voulez. Et pourquoi elle a quitté la police.

Le commandant plissa le nez. Il s'attendait à cette réaction de sa part. Il sentait que s'il ne lui en disait pas plus, elle refuserait de continuer à l'aider.

— C'est elle qui m'a convaincu de revenir dans la police après la mort de ma femme. Ironiquement, elle en est partie quelques années plus tard.

— Quel rapport avec aujourd'hui ?

— Pour le moment, je ne peux pas vous en dire plus, Gajeole.

— Vous pouvez pas me dire que c'est elle votre source pour la clé USB ?

Il la dévisagea, surpris qu'elle ait tiré cette conclusion. Elle étaya sa déduction en affichant une page LinkedIn.

— Elle bosse chez Expert-Construction.

Fontenay se sentit blêmir. Selon la lieutenante, elle occupait un poste haut placé du service juridique, donc probablement au contact fréquent de Deveult. Il s'appuya sur le bord du bureau, l'esprit en ébullition.

— Qu'est-ce qu'on fait maintenant ? demanda Gajeole. On convoque le patron ? On en a assez pour l'interroger, non ?

— Non. Il va sans doute débarquer avec une armée d'avocats, et il va nous coincer. On a besoin de plus pour le faire tomber. Convoquez plutôt Esther. Au plus vite.

Elle s'exécuta alors qu'il tournait les talons.

— Gajeole.

Elle se retourna. Il lui adressa un sourire reconnaissant.

— Merci.

Même s'il essayait de sauver les apparences, le commissaire était aussi accablé que le commandant par le décès de leur collègue. Depuis des heures, il allait et venait dans son bureau. Il avait bien vu que Fontenay était venu manigancer quelque chose avec Gajeole. Il n'avait pas pris la peine de le renvoyer chez lui. Il savait qu'il ne lâcherait pas l'affaire qui avait coûté la vie à Gomez. Il comprenait la culpabilité qui habitait son ami. La mort d'un collègue faisait partie des aléas du métier, personne n'aurait pu prédire que la gazinière exploserait. Cependant, la culpabilité n'était pas rationnelle. Elle attaquait et elle rongeait tous ceux qu'elle envahissait, elle les détruisait de l'intérieur jusqu'à leur perte.

Lui aussi culpabilisait. Pourquoi était-il bien en sécurité derrière son bureau alors que ses équipes se mettaient en danger ? Pourquoi ne leur avait-il pas demandé de pousser plus loin leurs recherches avant qu'elles aillent interroger Despela chez lui ?

Pour échapper à ses remords, il laissait Fontenay continuer l'enquête. Cela tarissait au moins pendant quelques instants le sentiment d'impuissance qui l'habitait.

Petit bureaucrate qu'il était. Il formait des jeunes policiers depuis des années. Jamais il ne s'était penché sur cette question pesante : comment faire face à la culpabilité ? Il enseignait à remplir les rapports. Il apprenait les procédures. Toutes ces choses lui semblaient si futiles à cet instant. À quoi bon faire de beaux comptes-rendus si c'était pour mourir dans une explosion ? À quoi bon avoir des états de service parfaits si la mort les attendait au coin de la rue ? À quoi bon être un bon flic puisque, quoi qu'il arrive, la mort pouvait le cueillir n'importe quand ?

Il se laissa tomber sur son fauteuil. S'il était devenu commissaire, c'était justement pour éviter le terrain. Il pensa à sa famille qui l'attendait chez lui. Comment réagiraient sa femme et sa fille s'il mourrait aussi injustement que Gomez ?

Mondras secoua la tête. Il devenait irrationnel dans ses pensées. Il ne voulait pas y songer. Pourtant, ce drame venait de le ramener à sa condition de mortel. Il n'était pas indestructible, il n'était pas intouchable.

La mort pouvait frapper à tout moment.

Et cela lui donnait la nausée.

Tapotant du pied sur le sol, les bras croisés, une femme affichant la quarantaine fusillait du regard le brigadier qui l'empêchait de pénétrer plus loin dans le commissariat et qui contrôlait son identité avec minutie.

— Esther ?

Elle leva la tête vers Fontenay, qui était apparu au bout du couloir. Il perçut un éclair de gêne dans les yeux de son ancienne collaboratrice. Il la reconnaissait sans la reconnaître. Elle avait délaissé la queue-de-cheval et les baskets contre un brushing et des bottines à talons. Nouveau job, nouvelle allure. Il demanda qu'on la laisse passer. Elle n'attendit pas d'y être invitée pour franchir le portique de sécurité, qui sonna. Elle ignora le brigadier qui voulut la fouiller. Fontenay tempéra la situation et l'entraîna avec lui. Ils entrèrent dans la salle de travail. Le regard de l'ancienne flic s'attarda sur la photo du lieutenant Gomez, posée à côté d'une petite cagnotte destinée à sa famille. Elle avait travaillé avec lui, par le passé. Préférant fuir ses souvenirs, elle suivit le commandant dans son bureau. Il ferma la porte dans leur dos.

— Tu me donnes ton arme d'abord.

— Tu sais bien que j'ai dû la rendre en quittant la police.

— Ne m'oblige pas à te fouiller.

Esther soupira et posa sur le bureau le pistolet qu'elle n'avait jamais déclaré. Fontenay attira l'arme hors de sa portée. Il s'assit et haussa un sourcil en découvrant le chargeur plein.

— Deveult te fait peur à ce point ?

— Tu ne sais pas de quoi il est capable.

— J'en ai une vague idée.

Il l'invita à prendre place. Elle déclina la proposition, restant debout face à lui, les bras croisés. Son grain de beauté tressaillait sur son visage fermé.

— Je t'avais dit de ne plus me contacter.

— Ça, c'était avant de savoir que tu avais pris autant de risques pour accuser ton patron.

Silence. Fontenay fixa son interlocutrice.

— Si tu avais vraiment voulu disparaître, il y avait sans doute plus simple que de tenter de t'introduire dans un hôpital.

Elle ne protesta pas, trépignant sur place. Il réitéra son invitation à ce qu'elle s'assoie, plus fermement cette fois. Elle céda et tira la chaise à elle.

— Comment tu as su pour l'explosion ?

— Un collègue habite non loin de l'endroit. Il a réussi à glaner des infos. Il a parlé d'un locataire mort s'appelant Despela, comme le pseudo que j'avais lu quelques mois plus tôt. J'ai senti qu'il y avait un lien. Quand j'ai su que tu faisais partie des victimes, j'ai compris que je devais agir.

— En nous donnant des infos spéculatives ou circonstancielles ?

— Je n'avais rien de mieux dans l'immédiat. Et je n'ai pas pris le risque de me faire attraper.

— Je t'ai connue plus téméraire.

Esther le fusilla du regard.

— Il est prêt à tout. Tu n'imagines pas tous les ressorts juridiques borderlines qu'il nous fait chercher à longueur de temps.

— Si la méthode ne te convient pas, pourquoi tu restes ?

— On ne quitte pas Expert-Construction de son propre chef. Démissionner, c'est se garantir une réputation désastreuse partout ailleurs. Ce type a une grande influence dans de nombreux secteurs. Et quand bien même, je n'ai jamais réussi à trouver quoi que ce soit ailleurs.

— Comment tu as découvert qu'il commanditait des meurtres ?

Elle se tortilla sur sa chaise. Elle se reprochait quelque chose, mais Fontenay ne parvenait pas à mettre le doigt dessus.

— Il y a quelques mois, Deveult a retenu tout le service juridique jusqu'au beau milieu de la nuit. Il voulait qu'on trouve quelque chose pour ajouter des balcons à une construction en cours afin d'augmenter les prix de vente. Quand il est enfin parti, l'équipe s'est barrée par la sortie de secours, de peur qu'il soit resté devant pour les prendre sur le fait. Moi, je suis restée. Mon bureau donne sur la fenêtre. J'ai vu un type commencer à taguer la façade du bâtiment. Deveult est sorti de sa voiture et a pris une photo de la plaque. Le tagueur ne l'a pas vu et a continué. Le lendemain, Deveult a simplement ordonné qu'on fasse effacer le graffiti dans la journée. Il a d'ailleurs viré l'agent d'entretien qui s'en est chargé parce qu'il n'avait pas été assez rapide à son goût.

Fontenay lia les informations entre elles. Il chercha dans ses propres dossiers les photos des tags des Dénonci'arts qu'il possédait. À sa demande, Esther désigna le graffiti qui dénonçait le désastre écologique que l'entreprise engendrait. En se fiant au style propre à chaque tagueur, ils en avaient déduit que celui-ci était l'œuvre de Despela. Ils avaient mis la main sur le lien qui leur manquait entre le tueur et le commanditaire.

Esther reprit :

— Quelques jours plus tard, je me suis introduite dans le bureau de Deveult en son absence. Je voulais juste récupérer une info pour un dossier de harcèlement. Mais j'ai découvert des échanges de messages sur son écran. Deveult y parlait de dettes de poker dont il pouvait acquitter son interlocuteur.

— Tu sais ce qu'il lui demandait en échange ?

— Non. J'étais pas censée être là. J'ai pris quelques photos, car je trouvais ça étrange, mais je n'ai pas cherché à remonter la conversation.

Elle s'enfonça dans sa chaise en poursuivant ses explications.

— Mais sachant tout ça, j'ai continué à surveiller. Quelques jours après, je l'ai vu observer des photos d'un homme. En fouillant, j'ai découvert que cet homme venait d'être assassiné.

Elle s'arrêta pour reprendre son souffle. Elle masquait son anxiété en triturant un pendentif à son cou. Fontenay continua son interrogatoire sans lui accorder un répit.

— Donc tu en as déduit qu'il avait engagé Despela pour tuer cet homme en le faisant chanter avec son tag et ses dettes de jeu.

— Oui. J'ai cherché un mobile, mais sans succès.

Elle se réinstalla sur sa chaise. À mesure que son récit progressait, elle perdait son calme.

— Qu'est-ce que tu sais d'autre ?

Elle se focalisa sur la fenêtre, sa cage thoracique se soulevait de plus en plus vite. Elle détournait le sujet sur le paysage extérieur. Il insista, en vain. Elle tournait autour du pot.

Il frappa sur son bureau. Elle sursauta et le regarda à nouveau. Son sourire de façade avait disparu.

— Esther ! Cette conversation reste entre nous pour l'instant, mais si tu ne me dis pas ce que tu sais, on continue en garde à vue !

Silencieuse, elle serra un peu plus fort le pendentif. Elle le portait déjà quand ils se connaissaient. Un cadeau de son fils et de sa fille pour ses 30 ans. Il lisait la détresse dans son regard. Il s'apaisa.

— Si tu parles, on te protégera toi et tes enfants.

— Non, Antoine. Ce ne sont pas mes enfants qui sont en danger.

Sa voix se faisait plus faible. Il crut déceler des larmes dans ses yeux. Elle entrouvrait les lèvres et se ravisait. Elle releva enfin la tête vers lui.

— J'ai vu ton fils chez Expert-Construction. Plusieurs fois.

Un grand froid transperça Fontenay. Sa bouche s'assécha. Devant son silence, elle ajouta qu'elle l'avait vu au contact de Deveult, dans son bureau.

— Tu es sûre que c'était lui ? articula-t-il.

— Deveult l'a appelé par son nom. Et il te ressemble.

Blême, se raccrochant à la possibilité qu'il s'agisse d'un homonyme, Fontenay saisit son portable pour y trouver une photo récente d'Eliott. Il la montra à Esther, qui l'identifia sans hésitation. Il reposa l'appareil sur le bord du bureau, le souffle court. Son poing se serra tellement qu'il trembla. Il déglutit pour chasser le goût métallique qui lui montait en bouche. Elle resta silencieuse, attendant qu'il se reprenne.

— Tu sais ce qu'ils se sont dit ? Tu connais la raison de ces rendez-vous ?

— Non. Mais ton fils ne paraissait pas à l'aise. Je dirais même qu'il était paniqué la dernière fois qu'ils se sont vus. C'était peu après l'explosion.

— Tu lui as déjà parlé ?

Elle secoua la tête. Fontenay se réinstalla pour essayer de rassembler ses idées, mais l'évocation de son fils dans l'affaire venait de bouleverser toutes ses certitudes. Il inspira profondément pour faire le vide et rester professionnel. Il leva la tête vers Esther.

— Tu as une idée de la façon dont ils sont entrés en contact ?

— J'ai cru comprendre qu'il était comptable dans une boîte indépendante que Deveult emploie pour son aile immobilière.

— Il n'y a pas de comptables dans votre entreprise ?

— Si. Mais pour cette aile, il a décrété qu'il ferait appel à un cabinet annexe. Ne jamais discuter les ordres de Deveult. C'est la règle de base.

Elle peinait à rester assise. Elle semblait craindre qu'on les écoute en cachette. Elle surveillait sans arrêt son téléphone. Fontenay luttait contre la boule qui se formait dans son estomac.

— Depuis combien de temps tu le vois là-bas ?

— Plusieurs mois.

L'angoisse de Fontenay se mua en colère. Elle le savait depuis tout ce temps sans l'en avoir jamais avisé ?

— Tu aurais dû me parler de ça depuis le début.

— Je ne l'ai pas fait, car on sait tous les deux ce que tu vas faire maintenant que tu le sais. Mais réfléchis bien avant. Ça pourrait empirer les choses. Deveult est sans pitié. N'oublie pas qu'il a déjà fait tuer deux personnes. Et je ne serais pas étonnée qu'il soit derrière l'explosion.

Fontenay ne répondit pas. Le nœud continuait à grossir dans son estomac, il remontait jusqu'à sa gorge et l'empêchait de respirer. Ses lèvres le picotaient, et un début de migraine approchait. Il congédia d'un signe de la main la juriste, qui resta devant lui. Elle répéta ses avertissements, mais ceux-ci tombaient dans l'oreille d'un sourd.

Elle lui promit de le tenir informé si elle revoyait Eliott dans l'entreprise et s'en alla après avoir ramassé son arme au coin du bureau. Fontenay ne réagit même pas.

À peine la porte claqua qu'il se leva et s'assura que personne n'était dans la salle de travail. Ses oreilles sifflaient. Son cœur tambourinait dans sa poitrine. Il s'appuya contre la porte. Il étrangla le tatouage d'avion à son bras. Il s'accorda quelques respirations comme l'autre soir pour recouvrer son calme, mais l'angoisse était trop forte cette fois. Quand cela affectait son fils, il perdait la raison. Sa poigne se resserra autour de son bras, il ne réagit que quand des fourmis le démangèrent. Il essaya de penser au mur dans son dos, comme s'il se faisait tatouer à cet endroit. Le choc de ses battements cardiaques fut remplacé par la vibration des aiguilles. Cependant, la peur n'avait aucune alternative. Et il était terrorisé.

10

Eliott eut à peine le temps de se décaler que son père s'introduisait dans son studio. Ce dernier transpirait la colère et l'inquiétude. Le jeune homme ferma la porte et s'appuya dessus, la tête rentrée dans ses épaules. Il entrouvrit les lèvres avant de se raviser.

— Qu'est-ce que tu fabriques avec Paul Deveult ?

Eliott détourna le regard. Il s'enfonça un peu plus dans ses épaules avant de secouer la tête en niant connaître cet individu. Cette attitude attisa la colère de son père, qui le somma de ne pas se moquer de lui.

Le jeune homme tremblait. Il pesa ses mots avant de donner une seconde réponse.

— C'est un client du cabinet. C'est tout.

Il collait tellement son dos à la porte qu'il aurait pu la traverser. Face à lui, tendu par la colère, Fontenay confrontait les révélations d'Esther et les dernières confidences d'Eliott. Il se sentit soudain très idiot. Son fils était préoccupé ces derniers temps. Il l'avait vu, mais il n'avait pas insisté, se raccrochant à ses excuses bancales.

— C'est lui le fameux compte louche dont tu m'as parlé ? C'est pour lui que je t'ai donné un contact à la brigade financière l'autre fois ?

Silence. Fontenay détaillait son fils comme un suspect.

Souffle court, regard fuyant, mains crispées, tempes battantes. Il déglutit avant de s'approcher de lui.

— T'es fatigué, papa. Ton affaire est en train de te faire vriller.

— Forcément puisque tu connais notre principal suspect !

— Votre principal suspect de quoi ? Je croyais que votre tueur était mort.

— Il avait un commanditaire. Commanditaire auquel tu es lié.

Le visage d'Eliott était devenu impassible. Il secoua la tête dans une profonde inspiration.

— Tu te fais des idées. Viens t'asseoir.

Fontenay le repoussa. Il jouait faux. Le comportement de son fils avait changé. Plus distant, plus évasif. Même son visage était différent.

— Eliott, dis-moi la vérité.

— La vérité, c'est que j'ai vu Deveult une fois, oui. Je lui apportais des comptes, car notre coursier s'était vautré. C'est tout.

— Je sais que tu l'as vu plus d'une fois.

Le visage d'Eliott resta sans émotion et blême. Il était beaucoup plus expressif en temps normal. Il secoua la tête en fuyant le regard de son père.

— Je vais appeler Clément. Il va te ramener chez toi. Tu as besoin de vacances. Tu n'aurais pas dû reprendre le boulot aussi vite.

Eliott se dirigea vers son téléphone, mais Fontenay s'interposa en posant brusquement sa main sur le meuble où il était branché. La boîte posée dessus tomba, et son contenu s'étala sur le sol.

Tout un matériel de bricolage s'étala par terre. Fontenay ne bougea pas. Soudain paniqué, Eliott cacha les outils dans la boîte qu'il poussa loin d'eux.

— C'est un voisin. Il m'a demandé de l'aide, justifia-t-il.

— Tu ne sais pas bricoler.

— Je lui passais les outils.

Cela n'avait pas de sens. Immobile et impassible, Fontenay balaya du regard le studio. Son fils avait toujours eu le sens du rangement mais là, tout semblait négligé. La vaisselle et les vêtements s'amoncelaient un peu partout, la poussière prenait ses aises. Il se reconcentra sur Eliott, qui était sidéré. Il ne comprenait pas comment il avait pu passer à côté aussi longtemps.

— Eliott. Qu'est-ce qui se passe avec Deveult ?

— Tu délires. J'ai juste aidé un voisin.

— Ne te moque pas de moi. La seule fois où tu m'as aidé dans du bricolage, tu as...

Les mots restèrent coincés dans sa gorge. Il écarquilla les yeux, soudain blême. La seule fois où Eliott l'avait aidé, il avait percé une durite de la gazinière.

Un silence venait de s'abattre dans le studio mal éclairé. Père et fils se fixaient sans trouver les mots. Fontenay s'y refusait, mais les pièces du puzzle s'assemblaient dans son esprit. Eliott recula sous le regard médusé de son père. À chaque pas qui l'éloignait, son visage se déformait de terreur. Sa respiration anarchique se transforma en sanglots.

— C'est moi...

Il n'essuya pas les larmes qui roulaient sur ses joues. Il ne les remarquait même pas, continuant à écraser son poignet comme s'il pouvait remonter le temps et effacer la vérité qui l'étouffait depuis des semaines.

— C'est moi qui les ai tués...

Ses aveux résonnèrent dans la pièce. Le jeune homme prit sa tête entre ses mains tremblantes. Il vacillait, écrasé par la culpabilité. Fontenay resta mortifié, incapable d'entendre les mots qui sortaient de la bouche de son fils. Dans un état second, il s'approcha et attrapa ses épaules pour le maintenir face à lui.

— Eliott. C'est ta seule chance de t'expliquer.

Le jeune homme renifla, secoué de spasmes. Il répéta qu'il

avait été piégé, qu'on l'avait forcé. Il repoussa son père, incapable de soutenir son regard. Le regard rivé sur les outils toujours au sol, il commença son récit.

— Expert-Construction avait mandaté la boîte où je bosse. Déjà qu'une entreprise de cette taille nous engage, c'était bizarre. Ils ont demandé qu'une seule personne se charge des transactions. Ils m'ont désigné. Mais les transferts et les comptes qu'ils me demandaient me paraissaient louches. C'est là que tu m'as parlé de ton collègue de la financière... Alors, je l'ai appelé. C'était il y a quelques mois... Il m'a dit de chercher le nom du propriétaire du compte pour avoir une piste.

Sa voix se brisa. Il déglutit avec difficulté avant de reprendre :

— Le compte sur lequel je faisais transiter l'argent était à mon nom.

Le cœur de Fontenay rata un battement.

— Je n'en ai pas informé mes chefs. Je suis allé directement voir Deveult pour comprendre. Il a joué la surprise, il m'a menacé de m'accuser de détournement de fonds. Il parlait de détruire ma carrière, même ma vie. Il m'a baladé pendant des jours, il me faisait venir, il prétendait chercher à savoir si je disais la vérité. Mais dès que j'ouvrais la bouche, il... il démontait tous mes arguments. Puis il m'a dit qu'on pourrait trouver un arrangement... seul à seul...

Eliott se mit à arpenter la pièce de long en large. Son débit de parole s'accélérait à mesure qu'il approchait du moment où il n'avait plus pu revenir en arrière.

— Il m'a demandé de renvoyer de l'argent de ce compte vers un second pour pouvoir retirer du liquide. Beaucoup de liquide. Je devais livrer ça et une caisse. Je ne savais pas ce qu'il y avait à l'intérieur. Je te promets, papa, je ne savais pas...

Immobile au milieu de la pièce, son père ne trahissait aucune émotion.

— À qui as-tu livré ça ?

— À Édouard Despela. Je ne le connaissais pas. Je me suis seulement rendu au rendez-vous où Deveult m'avait dit d'aller.

La panique passée, Eliott recouvra un semblant de calme.

— On ne s'est pas parlé. Il avait l'air aussi mal à l'aise que moi. Je lui ai tendu l'enveloppe avec le liquide et la caisse, puis je suis parti. Je pensais que le problème était réglé. Quand j'ai dit ça à Deveult, il s'est moqué de moi... Il m'a dit que ce n'était que le début.

Son poing se serra. Il se sentait idiot de s'être fait manipuler de la sorte.

— Il y a plusieurs semaines, j'ai dû refaire une livraison pour lui. Mais là, Despela, il... il m'a demandé pourquoi il devait tuer ces types. J'ai pas compris. Ou j'ai pas voulu comprendre... Je me suis enfui. Quelques jours après, Régis t'a appelé... C'est là que j'ai réalisé ce qu'il m'avait fait faire...

— Il s'est servi de toi pour les assassinats de Nomée et Saulier. Despela était le tueur, toi l'intermédiaire, comprit Fontenay, effaré.

Eliott acquiesça en silence. Il essuya une larme sur sa joue avant de reprendre son récit, un goût salé en bouche :

— Je suis retourné voir Deveult, et je lui ai demandé des explications. Il s'est moqué de moi. Il m'a dit que j'étais la seule personne que Despela avait vue. C'est par un compte à mon nom que l'argent avait transité, c'est moi qui avais livré les instructions et le matériel nécessaire aux meurtres. Aux yeux de tout le monde, ce serait moi le commanditaire. Et si je le dénonçais, ce serait la parole d'un homme d'affaires influent contre celle d'un minable comptable. Il allait m'écraser.

Il déglutit et reprit son souffle.

— Il m'a dit que Despela était un lâche, lui aussi, que la police était sur sa piste, et qu'il n'hésiterait pas à me livrer. Il m'a dit que ma seule chance pour m'en sortir, c'était de...

Les mots restèrent dans sa gorge.

— C'était que tu le tues.

Deux larmes s'écrasèrent sur le parquet. Eliott regarda ses mains qui tremblaient.

— Je ne pouvais pas. Je ne pouvais pas le regarder mourir... Alors, j'ai... j'ai trouvé son appart, j'ai trafiqué la gazinière... Et j'ai attendu que ça explose.

La culpabilité reprit le dessus. Il plaqua ses mains sur ses oreilles pour faire taire le bourdonnement des remords.

— Je pensais pas que tu irais là-bas ! Je pensais pas que ça exploserait à ce moment-là ! Je contrôlais plus rien ! Tout ce que je voulais, c'était qu'il se taise ! sanglota-t-il.

Ses jambes le lâchèrent en même temps que ses barrières. Il tomba sur son canapé comme un pantin désarticulé, le visage entre ses mains.

— Je voulais pas tuer ton collègue ! Je voulais pas te blesser ! Mais je savais plus quoi faire ! Je savais plus comment me sortir de là ! J'ai juste suivi ses ordres ! Je pensais pas qu'il se servirait de moi pour ça ! J'osais pas te demander de l'aide... J'avais trop honte...

Fontenay s'agenouilla en face de son fils et attrapa ses mains.

— Tu ne peux pas imaginer comment il est... C'est... le pire type que j'aie jamais vu... Le malheur des autres, ça l'excite. Quand je lui ai raconté ce qui s'était passé chez Despela, que tu étais en réanimation, il s'est amusé de la situation. Il se délectait... C'est lui qui m'a donné tous ces ordres, et il me disait que j'étais un imbécile de lui avoir obéi.

Eliott secoua la tête en répétant qu'il ne voulait pas que cela se finisse ainsi, qu'il avait seulement essayé de s'en sortir.

Il se tut quand son père essuya ses larmes. Il leva la tête vers lui.

— Je suis désolé, papa...

Fontenay mit quelques secondes avant de répondre. Son visage était ridé de peur et de tristesse. Il n'était pas en colère.

— On va trouver une solution. On va te sortir de là.

— Y a pas de solution... Ma seule chance, c'est de m'enfuir...

Il pressa le visage de son fils entre ses mains.

— Je t'interdis de dire ça !

— Mais c'est la vérité ! Il avait tout prévu pour me piéger ! Tout ! Je... je pourrais retourner au Burkina Faso, comme après la mort de maman...

— Non, Eliott. Tu ne vas pas fuir.

— On l'a déjà fait !

— Non. À l'époque, on a fui, car on devait se reconstruire. Là, si tu fuis, tu vas détruire ta vie.

— Il l'a déjà détruite...

Fontenay peinait à garder son calme. Il lui répéta qu'il allait le sortir de là, qu'ils allaient trouver une solution. Il était le seul des deux à pouvoir garder les pieds sur terre.

Tout se bousculait dans son esprit. Les pièces du puzzle s'assemblaient. Ses intuitions, ses cauchemars, ses doutes, maintenant, tout prenait sens. La vérité était sous ses yeux. Une vérité qu'il refoulait depuis trop longtemps. Mentir, fuir, avouer, il ne savait plus. Il perdait la notion du bien ou du mal. Son unique objectif était de sauver son fils. Quoi qu'il lui en coûte.

Le temps s'écoulait lentement depuis deux jours. Le père et le fils vivaient au ralenti. Ils avaient réuni les minces preuves à leur disposition. Ils avaient exploré toutes les pistes, toutes les issues. Le plus raisonnable était d'envisager la fuite. Fontenay avait encore des contacts hors de la France. Son fils pourrait reprendre sa vie ailleurs. Cependant, il ne s'y résignait pas. Il refusait qu'on le considère comme un assassin. Il refusait que le vrai coupable reste libre. C'était au-dessus de ses forces. Rien que le fait d'envisager qu'Eliott aille en prison lui tordait l'estomac. Il connaissait la cruauté qu'il subirait si quelqu'un apprenait qu'il était gosse de flic.

Il déclina un énième appel de Mondras. La veille, il lui avait envoyé un message dans lequel il prétendait avoir eu un contrecoup suite aux événements des dernières semaines. Il disait qu'il allait rester un peu chez lui pour récupérer.

En réalité, il ne s'était jamais aussi peu reposé. Assis sur le sol, il n'osait plus fermer les yeux, de crainte que son fils en profite pour prendre une mauvaise décision.

Pour le moment, il avait laissé la fatigue de ses aveux l'assommer. Allongé sur le canapé qui lui servait aussi de lit, le jeune homme dormait mal. Son visage crispé trahissait les cauchemars qui le ramenaient au soir où, dans le noir, il avait trafiqué les conduites qui avaient précipité deux hommes dans la tombe et blessé son propre père.

La sonnette de l'appartement rompit le silence. Eliott se redressa, les pupilles dilatées.

— Doucement. J'y vais.

Fontenay s'appuya sur sa béquille et s'avança vers la porte d'entrée. Il ouvrit en se préparant à dégainer son arme si nécessaire.

Pris de court, il détailla les deux visiteurs qu'il connaissait déjà : Mondras et un commandant de la brigade financière. L'air embarrassé, le commissaire lui demanda où était son fils. Fontenay ne dit rien. Il restait là, immobile, empêchant les policiers d'entrer et de voir que le jeune homme était bien ici.

— On doit vraiment lui parler, Antoine.

Fontenay tourna la tête : son fils s'était levé, livide. Il tremblait.

— On a des questions sur des mouvements bancaires étranges qu'il a réalisés à son travail.

Un poignard se planta dans sa poitrine. Il serra le poing. Deveult avait refermé son piège autour de lui. Le policier à côté de Mondras perdait patience.

— Eliott Fontenay, commandant Xavière, brigade financière. Suivez-nous, s'il vous plaît.

Le concerné amorça un pas résigné que son père stoppa d'un geste de la main. Il reporta son attention sur les deux policiers. Il demanda une minute avec son fils. Mondras contra le refus de son collègue en assurant qu'il en assumait l'entière responsabilité. Il céda à condition que Fontenay lui donne son arme.

Ce dernier accepta sans négocier et referma la porte. Quand il se tourna vers son fils, son regard brillait d'angoisse. Il boita jusqu'à lui et attrapa ses épaules.

— Ne leur cache rien, le somma-t-il. Rien du tout. Dis-leur toute la vérité.

— Ils ne me croiront pas... T'imagines pas le pouvoir de Deveult... Il va m'écraser...

Fontenay saisit le visage de son fils entre ses mains et rapprocha leur front.

— Eliott, Eliott, écoute-moi. Je ne t'abandonne pas. Je vais te sortir de là. Mais pour ça, tu dois coopérer avec eux. Tu comprends ?

Eliott hocha la tête sans conviction. Son cœur battait jusque dans les paumes des mains de son père. Ignorant quand il pourrait le refaire, Fontenay enlaça son fils de toutes ses forces durant de longues secondes. Puis il se recula, le cœur lourd. Il lui répéta que tout allait s'arranger. Sans un mot, Eliott s'approcha de la porte et l'ouvrit. Il emboîta le pas au commandant de la financière tandis que deux lieutenants entraient pour procéder à la perquisition de l'appartement sous le regard impuissant de Fontenay, planté au milieu de la pièce. Il ne toucha à rien pour ne pas aggraver la situation. Il sentit à peine la main du commissaire se poser sur son épaule.

— Je suis désolé. J'ai essayé de te prévenir, mais tu ne répondais pas.

Dans un état second, Fontenay resta silencieux. Tout se mélangeait dans son esprit. Il n'y avait plus qu'une seule issue. Il savait qu'il commettait une erreur, mais il devait faire ce sacrifice. Il devait se sacrifier pour sauver Eliott. Il se tourna vers Mondras dans un mouvement mécanique.

— Clément. On peut parler seul à seul ?

Son ami hocha la tête. Il l'entraîna hors de l'appartement.

11

Un profond silence s'abattit quand Fontenay entra dans le commissariat. La nouvelle de la garde à vue d'Eliott avait fait le tour du bâtiment. Il n'y prêta pas attention. Il se fichait de ce que ses collègues pensaient. La tête haute, il marcha aux côtés de Mondras jusqu'à son bureau. Le commissaire ferma la porte derrière eux et se tourna vers son ami. Il semblait très mal à l'aise.

— Je n'ai pas eu le choix, Antoine. La financière a reçu une plainte de Paul Deveult. Ton fils aurait détourné de l'argent d'Expert-Construction.

— Je sais. Il m'a tout avoué.

Mondras leva les yeux au ciel. Fontenay lui résuma tout ce que son fils était en train de raconter aux policiers. Le visage du commissaire se décomposa. Il secoua la tête à plusieurs reprises avant de retrouver ses mots.

— Il n'a pas fait ça... Pas Eliott !

— Il n'a pas eu le choix. Deveult l'a manipulé, il l'a mis dos au mur.

Son poing se serra à cette pensée alors que le commissaire peinait à le croire.

— Pourquoi Deveult aurait fait ça ?!

Le commandant prit une profonde inspiration. Il lança un regard au tatouage d'avion pour se donner du courage. Son cœur menaçait d'exploser. Il voulut parler, mais les mots se coinçaient dans sa gorge.

— Il voulait se venger de moi, articula-t-il enfin.

Silence. Fontenay ne trahissait plus la moindre émotion. Mondras tenta de croiser son regard pour y trouver un début de réponse, mais il le fuyait.

— Se venger de toi ? Mais... pourquoi ?

Fontenay entrouvrit les lèvres, mais se ravisa. Plusieurs secondes s'écoulèrent avant que des mots sortent de sa bouche.

— Je t'ai toujours dit que ma mère ne savait pas qui était mon père. Mais je t'ai menti. Je l'ai bel et bien connu.

Mondras dévisagea son ami, qui commença à déambuler dans le bureau, la béquille sur le sol rythmant son récit.

— Mon père a toujours rêvé de pouvoir. Mais la vie en a décidé autrement. Il a dû arrêter l'école tôt pour s'occuper de ses parents. Il a bossé à l'usine, il a réussi à gravir quelques échelons mais... ce n'était jamais assez, ça restait mal payé. Il a rencontré ma mère et l'a épousée très vite. C'était la fin des Trente Glorieuses, la fin de la croissance, des promotions permises par le manque de main-d'œuvre. Il se savait coincé dans ce poste ingrat. Quand je suis arrivé, il a fondé en moi tous ses espoirs. Henri, un nom de roi. Il m'a imposé l'excellence dès mon plus jeune âge. Et la moindre erreur était punie. Ma mère en pâtissait également. Une bonne épouse et une bonne mère se devait d'être exemplaire. Ses exigences ont viré à l'obsession. J'ai arrêté de compter le nombre de fois où j'ai fini à l'hôpital à cause des coups. La police était au courant, mais à l'époque, on n'était pas autant sensibilisé aux violences conjugales et familiales. Pour eux, c'était une correction un peu sévère, voilà tout. Et un soir, un homme est entré en l'absence de mon père. Il avait une solution pour nous. Illégale, certes, mais la seule qui nous sauverait.

Fontenay s'arrêta et observa le tatouage d'avion sur son bras. Le premier d'une longue liste.

Juillet 1983, un bureau obscur.

Henri gesticulait sur sa chaise en plastique bleu. Il entendait le vague bourdonnement d'une conversation entre les deux adultes avec lesquels il se trouvait. Enfermés dans un minuscule bureau désordonné, des papiers tout autour d'eux, ils redoutaient qu'on les surprenne. Éclairés par une petite lampe, ils brassaient un nombre incroyable de documents. Ils évoquaient Paris, un foyer d'accueil, un emploi que la femme, sa mère, pourrait obtenir. Lui n'y comprenait rien.

Il finit par lever les yeux vers l'homme derrière le bureau qui parlait en fixant ses dossiers. Sa mère semblait l'écouter attentivement. L'individu lissa du bout des doigts un pli de sa chemise à carreaux orange et brun, puis une mèche bouclée. Il se pencha vers le garçonnet avec une expression rassurante.

— Champion, tu comprends ce qu'il va se passer ?

Henri hocha timidement la tête.

— Il ne nous retrouvera pas ?

— C'est ce qu'on espère, répondit l'homme, les yeux baissés.

— Il ne saura pas où on ira ?

— C'est le but de la manœuvre. Tu vas changer de nom, de région, de vie. Ton père n'en saura rien.

— Vous me le promettez ?

L'homme eut un petit sourire qui semblait forcé.

— J'aimerais te le promettre. Mais c'est compliqué d'avoir des certitudes dans ces situations.

— Alors, ça sert à quoi de faire tout ça ?

— C'est une tentative. Une tentative qui a très souvent fonctionné pour d'autres familles. Ça, je peux te l'assurer.

Henri se contenta d'acquiescer en guise d'acceptation. L'homme reprit sa discussion avec sa mère alors que cette dernière esquissait un petit sourire derrière sa lèvre fendue, fière du courage et de la maturité de son fils. Elle lui caressa les cheveux et garda sa main dans son dos quelques instants pour lui montrer qu'ils restaient unis.

— Est-ce que je peux choisir mon nouveau prénom ? demanda le garçon avec innocence.

— Si tu veux. Tu en as un en tête ?

— Goldorak !

Malgré la gravité de la situation, les deux adultes éclatèrent de rire avant de lui expliquer qu'il devrait adopter un prénom plus classique.

— De toute façon, quand je serai pilote d'avion, je me ferai appeler Goldorak, répliqua-t-il, vexé.

— Pilote d'avion ?

— Oui ! Comme ça, si papa nous retrouve, je pourrai m'envoler très loin de lui.

Sa mère eut un sourire triste.

— Et tu connais un pilote d'avion très courageux comme toi ? demanda l'homme. Antoine de Saint-Exupéry, ça te parle ?

Ses yeux d'enfant se mirent à pétiller.

Sa mère l'entoura de son bras et le pressa contre elle. L'homme saisit un stylo et un acte de naissance vierge.

— Antoine Fontenay. C'est un très joli nom pour entamer une nouvelle vie.

Mondras ne bougeait plus, peinant à réaliser l'ampleur de ces révélations. Fontenay frictionna son visage devenu pâle. Avouer l'enfer de son enfance lui avait demandé une énergie considérable.

— Pourquoi tu me racontes ça maintenant ? Quel lien y a-t-il avec Eliott et Deveult ?

Les mots restaient coincés dans sa gorge. À force de se mordre la joue, un goût métallique dans sa bouche lui donnait la nausée.

— Il y a vingt-deux ans, j'ai découvert que mon père était mort. J'attendais ce moment depuis des années. J'avais enfin la certitude que mon bourreau ne reviendrait jamais se venger de notre fuite. Alors, je n'ai pas cherché plus loin, et je me suis enfin autorisé à devenir père moi-même.

Il secoua la tête, il se sentait si stupide et naïf avec le recul.

— Si j'avais eu connaissance des circonstances de son décès, j'aurais creusé.

— Quelles circonstances ? Antoine, je ne comprends rien !

Les oreilles de Fontenay bourdonnaient. Il s'appuya sur le bureau de son ami et ouvrit le dossier de l'affaire. Il sortit les photos des tatouages de Saulier et Nomée. Un masque de théâtre et une voiture.

— Ça fait des années que mon père joue un rôle comme moi je joue un rôle. Et il joue ce rôle, car il a été suffisamment défiguré dans un accident pour qu'on ne le reconnaisse pas.

Mondras se figea. Fontenay puisait dans ses dernières forces pour tenir debout.

— Antoine... Tu n'es quand même pas...

— Si. Je suis Henri, le fils de Claude Lafontaine.

Le commissaire accusa le coup alors que Fontenay sentait ses épaules se délester du poids d'un secret qu'il portait depuis si longtemps.

— S'il a fait tatouer les victimes, c'était pour attirer mon attention. Car il m'espionne. Ça fait des années qu'il fomente ce plan pour se venger de notre fuite. Il a probablement fini par me reconnaître avec une enquête médiatisée.

— Tu penses que ton père a usurpé l'identité de Deveult ?

— Je ne le pense pas. Je le sais. C'est pour ça qu'il s'en est pris à mon fils. Son petit-fils.

Assommé par tous ces aveux, Mondras s'appuya sur son bureau à côté du commandant. Il réfléchissait en policier mais aussi en ami.

— Antoine, c'est trop grave. Tu ne peux pas gérer ça tout seul...

Le concerné tourna la tête vers lui.

— Je sais. C'est pour ça que j'ai besoin de ton aide. On doit faire tomber mon père avant qu'il referme son piège sur mon fils.

Mondras se mordit la joue. Toute cette affaire s'annonçait plus épineuse à chaque seconde qui s'écoulait. Il redoutait la révélation suivante.

— Si ce que tu me dis est vrai, alors les deux affaires sont liées. Celle du détournement de fonds et celle des morts tatoués.

— Oui. À ses yeux, je n'ai jamais été assez intelligent, assez parfait. Son but était de m'humilier. D'abord avec une enquête que je ne pouvais pas résoudre, puis en détruisant la vie de mon fils.

Son estomac se noua. Toutes ces années de fuite, toutes ces années à se reconstruire, pour que finalement il le retrouve et qu'il détruise sa vie. La nausée le gagna. Son pire cauchemar prenait forme devant lui, pire encore que tout ce qu'il avait pu imaginer.

— Tu comprendras que je ne peux pas te laisser l'enquête.

Fontenay acquiesça en silence. Il détestait être écarté, mais il devait laisser son amour-propre de côté. Il se redressa du bureau malgré le sol qui vacillait sous ses pieds.

— Appelle Gajeole. Il n'y a qu'elle qui pourra découvrir un indice qui prouvera que c'est un coup monté. Mais s'il te plaît, n'ébruite pas ce que je viens de te dire.

Il s'apprêtait à répondre quand on toqua. Le commandant Xavière entra. Il lança un regard obscur à son égal avant de se concentrer sur le commissaire.

— On a un gros problème.

— Je sais. Antoine vient de tout m'avouer.

Le policier serra le poing. Fontenay savait ce que coûtait la mort d'un flic. Coupables comme complices payaient le prix fort.

— Tu savais pour l'explosion ?

— Depuis avant-hier.

— Le commandant va passer la main, interrompit Mondras avant que le ton monte. Antoine, tu connais la procédure.

Fontenay acquiesça d'un hochement de tête avant de fixer son collègue.

— Je peux quand même te demander comment il va ?

— Comme un gosse avec du sang sur les mains.

Il ne chercha pas à comprendre s'il s'agissait d'une attaque ou d'une constatation.

— Reste disponible. J'aurai des questions.

— Tu sais où me trouver.

Fontenay ferma la porte dans son dos. Il se dirigea sans un regard autour de lui jusqu'à la sortie du commissariat. Une fois au coin de la rue, son pas se fit plus lent. Quelques mètres plus loin, il s'arrêta, à bout de souffle. D'une main maladroite, il s'appuya contre le mur. La rage le faisait claquer des dents, ses aveux lui donnaient des vertiges.

Son fils était impliqué. Son secret n'en était plus un. Il ne contrôlait plus la situation.

12

Un silence studieux régnait dans le service juridique d'Expert-Construction. Chacun travaillait religieusement, focalisé sur son écran ou sur ses contrats. Les claviers rythmaient le crissement des stylos sur les feuilles. L'imprimante rejoignait le ronronnement des ordinateurs à la demande de l'un ou l'autre, puis sommeillait à nouveau. De temps en temps, quelques notifications venaient troubler cette douce mélodie.

Esther déboula dans le service et claqua bruyamment la porte derrière elle. Elle venait de passer deux heures avec des avocats retors qui s'étaient évertués à démonter tous les arguments d'Eliott. À force de travailler pour Deveult, ils étaient tout aussi prêts que lui à user des moyens les plus amoraux.

Fontenay avait eu l'intelligence de dissimuler les preuves qui trahissaient l'existence d'une taupe dans l'entreprise, lui sauvant la mise auprès des pitbulls pour qui elle travaillait. Ils n'auraient fait qu'une bouchée d'elle. Une ancienne flic de la brigade criminelle, un mystérieux indic qui informait cette même équipe, le lien coulait de source.

Elle avait envie de vomir. Ces hommes étaient prêts à tout pour détruire un jeune homme d'à peine 21 ans. Ils se battaient contre un dossier et oubliaient l'humain derrière ces accusations. Ils s'étaient moqués de son mode opératoire. Une explosion, il aurait dû se douter que cela ne se terminerait pas bien.

Et en tête de liste, Deveult se délectait de la situation. Une fois de plus, elle se demandait ce qu'elle faisait ici.

Depuis qu'elle avait décelé cette obscure affaire de meurtres, elle ne tenait plus que grâce à cela. Un moyen inespéré de se rattraper pour toutes les fois où, ces dernières années, elle avait frisé l'illégalité. Même si elle considérait que trop de personnes avaient déjà suffisamment souffert.

Elle lança à l'équipe que toutes les informations qu'ils trouveraient devraient passer par elle. Ordre de Deveult. C'était faux, mais elle espérait faire fuiter une preuve qui disculperait Eliott.

Tandis qu'elle s'assoyait, son regard s'arrêta sur la coque de son téléphone. Elle était décorée par des dessins de sa fille. L'idée que ses enfants soient un jour dans une situation similaire à celle d'Eliott lui tordait l'estomac. Elle se frictionna le visage pour se ressaisir. Si elle voulait éviter cela, elle devait tout faire pour que Deveult tombe.

Fontenay déambulait en s'appuyant sur les meubles de son appartement. Il aurait dû rester assis, mais il ne tenait pas en place. Son fils avait été déféré. Comme il l'avait craint, le juge ne l'avait pas cru. Deveult avait été interrogé, mais son armada d'avocats avait savamment démonté chaque argument avancé par le jeune homme. Les quelques preuves qu'il apportait finissaient négligées ou déformées. Fontenay savait que des pressions étaient exercées en haut lieu. Pas de scandale avec l'industriel qui s'occupait des infrastructures des Jeux olympiques. La colère lui coupait le souffle. Il n'avait toujours pas obtenu de droit de visite. Il avait entraperçu Eliott lors de son transfert, mais Mondras lui avait conseillé de ne pas s'approcher pour ne pas engendrer plus de conflits.

Fontenay était au téléphone avec Doris, une amie de son fils, candidate au barreau. Elle lui énumérait tous les collègues qui accepteraient de gérer ce dossier épineux. Le policier peinait à stopper le flot de paroles dont son interlocutrice l'assommait.

La sonnette retentit. Il en profita pour congédier l'étudiante. Il vérifia l'œillère et découvrit Esther. La juriste se balançait d'un pied sur l'autre. Déformée par la lentille, il ne put la détailler davantage. Alors qu'elle amorçait un pas en arrière, il ouvrit. Son malaise déjà palpable derrière la porte s'accentua. Il la laissa entrer et la suivit, le menton baissé. Elle s'arrêta au milieu du salon et le fixa, le visage attristé.

— Comment tu te sens ? se risqua-t-elle.

— À ton avis ?

Il baissa les yeux. Elle tritura la lanière de son sac.

— Deveult met tout le monde sous pression pour démonter les preuves qu'Eliott avance. J'essaie de faire fuiter des informations, mais elles sont minimes. Gajeole est toujours sur l'affaire ?

— Toute l'équipe est restée. Il n'y a que moi qui ai été congédié.

Sa mâchoire se serra à ces mots. Au placard le pestiféré.

— Alors, donne-moi son contact, histoire qu'elle sache où chercher.

Il s'exécuta, se raccrochant à tout ce qui pouvait lui permettre de sauver son fils.

— Fais attention à toi, quand même, Esther.

Le téléphone de Fontenay sonna. Il découvrit plusieurs contacts d'avocats qui continuaient d'arriver avec pour chacun un commentaire plus ou moins positif. Son ancienne collègue lut par-dessus son épaule.

— Cette Doris a l'air plutôt impliquée.

— C'est la fille de mon ancien employeur en Afrique.

Esther voyait bien qu'il était rongé par la culpabilité.

— Par moments, je me dis que j'aurais sans doute mieux fait de l'aider à s'enfuir. Mon ancien employeur est toujours au Burkina Faso, et Eliott parle toujours un dialecte local. Il aurait pu refaire sa vie là-bas, libre.

— Tu sais que cette solution n'aurait pas été viable.

— Car savoir mon fils en prison est une solution plus viable ?

Elle pinça les lèvres. Un froid s'abattit entre eux. Malgré lui, il la considérait en partie responsable de la situation.

— Tu savais que c'était un pourri. Tu savais qu'il voyait mon fils. Pourquoi tu ne m'as rien dit ?

— Je ne savais pas qu'Eliott était impliqué.

— Mais tu savais qu'il planifiait des meurtres !

Elle était là. Il avait besoin de se défouler.

— Un message ! Juste un message ! Qu'est-ce que je t'ai fait il y a trois ans pour que tu décides de couper les ponts ?!

— J'avais besoin de repartir à zéro.

— Quitte à laisser tes anciens collègues dans la merde ?

— J'avais peur ! Il commanditait des meurtres, Antoine ! Des meurtres ! Tu sais combien de fois j'ai regardé derrière moi en craignant d'être sa prochaine victime ?

— Alors, pourquoi tu ne nous as pas appelés ?

— Il était tout à fait capable de nous avoir mis sur écoute ! Oui, je n'ai rien dit. Je n'ai rien dit, car j'ai déjà mis en danger ma famille une fois ! Pas deux ! C'est égoïste, je sais ! Mais toi, ose me dire que tu n'as jamais agi par égoïsme ! Ose me dire que tu n'aurais pas fermé les yeux si cela pouvait protéger Eliott un minimum ?

Elle s'avança d'un pas.

— Tu n'as jamais vu Deveult, tu n'as jamais été dans la même pièce que lui ! Tu ne peux même pas imaginer sa cruauté !

— Je le sais bien plus que tu ne le crois ! tonna-t-il.

Il souleva sa manche, révélant les multiples tatouages qui constellaient son bras.

— Chaque tatouage sur ma peau, c'est contre lui ! Le tatouage, c'est la seule chose que j'ai trouvée pour me sortir de son emprise ! Car la douleur de l'aiguille anesthésie celle des souvenirs ! Chaque parcelle de peau recouverte, c'est une zone en moins où un bleu pouvait apparaître !

Il enfonça ses pupilles dilatées dans les siennes.

— Je sais mieux que quiconque ce dont il est capable. Tu connais le monstre d'aujourd'hui, mais je connais celui d'hier. J'étais là aux prémices, et maintenant, je suis sa cible !

Esther s'éloigna avec des pas maladroits. Le sang battait dans les tempes de Fontenay. La vérité lui échappait, mais cela le soulageait.

— Il s'en prend à Eliott, car il veut se venger de ma fuite ! Il s'en prend à lui, car je n'ai pas été le fils qu'il escomptait ! Alors, je t'interdis de me dire que je ne sais pas qui il est, que je ne sais pas de quoi il est capable.

Esther ouvrit et ferma la bouche sans prononcer un mot. Elle s'enfuit. Il n'amorça pas le moindre geste pour la retenir. Il s'appuya contre un meuble, la poitrine au bord de l'implosion. Pourvu qu'elle ne parle pas. Avait-elle au moins compris le flot de paroles qui lui avait échappé ? Il ferma les yeux et se concentra sur sa respiration saccadée. Un nouveau message arriva. À bout de nerfs, prêt à achever son déferlement de rage sur Doris, il saisit son portable.

C'était le commandant Xavière, cette fois. Sa colère devrait attendre.

Fontenay n'avait pas l'habitude d'entrer en premier dans la salle d'interrogatoire. Privilège de l'auditionné. Il resta immobile, debout au milieu de la pièce, découvrant d'un œil nouveau cet endroit qu'il voyait tous les jours depuis des années. Xavière s'installa et l'invita à faire de même. Place du témoin. Dos à la porte, seule issue de cette pièce exiguë, une caméra braquée sur lui.

Ne pas faire de vagues. Penser à Eliott. Il s'assit.

— Pourquoi je n'ai pas encore eu le droit de visite ?

— Parce que le juge a des doutes.

Un éclair traversa son regard. Il sonda son interlocuteur. Visage neutre, tenue neutre, rien sur la table en dehors d'une pochette cartonnée.

— Salle d'interrogatoire, enregistrement. Je suis en garde à vue ?

— Ça dépendra de tes réponses.

Le commandant Xavière ouvrit le dossier posé au coin de la table. À l'envers, Fontenay reconnut les images de l'appartement en ruine de Despela.

— Ton fils prétend avoir été manipulé par Paul Deveult. Ce dernier l'aurait piégé pour, ensuite, se servir de lui comme intermédiaire avec Despela. Puis il l'aurait incité à le réduire au silence... entraînant le lieutenant Gomez dans sa chute.

Fontenay déglutit avec difficulté avant de répondre :

— C'est exact. Je le confirme.

— Comment as-tu appris tout ça ? Des meurtres commandités à l'implication de ton fils.

Il serra le poing. Il n'avait pas d'autre choix que de dire la vérité. Il évoqua Esther. Après tout, elle lui devait au moins cela. Le commandant de la brigade financière survola son dossier.

— J'ai jamais vu cette femme dans les rapports.

— Elle bosse actuellement pour Expert-Construction. Je ne voulais pas la mettre en danger.

— Donc tu es en train de me dire que tu as eu un tuyau d'une ancienne collègue, et qu'elle t'a filé des preuves qui, même si elles sont légères, accusent Deveult d'avoir commandité des meurtres. Mais que t'as pas capté que ton fils était impliqué ?

— Le tuyau est secret. J'ai appris que mon fils était au contact de Deveult grâce à Esther.

Le commandant Xavière nota quelque chose sur le coin d'une feuille. Fontenay supposa qu'il comptait l'interroger.

— Et pourquoi il ne t'a pas demandé de l'aide immédiatement ?

— Deveult a tout fait pour qu'Eliott se taise et qu'il ait trop honte pour en parler à qui que ce soit. Il l'a manipulé, il a détruit toutes les autres solutions pour qu'il ne voie que celle du meurtre.

— Et quand tu l'as su, pourquoi ne pas lui avoir dit de venir se rendre ?

— J'y travaillais. Il était rongé par la culpabilité. Je voulais que ses aveux soient volontaires. Pas forcés.

Xavière saisit les relevés de comptes avec plus de facilité que les photos des corps amochés par l'explosion.

— Eliott aurait détourné plus de 100 000 euros de la société Expert-Construction vers un compte bancaire à son nom. Il se servait de son travail de comptable dans un cabinet auquel l'entreprise a fait appel. Puis l'argent a transité sur un second compte afin qu'il puisse retirer du liquide et le remettre à Despela.

Il montra à Fontenay une photo des billets brûlés dans l'appartement en ruine. Selon lui, l'argent encore présent sur le premier compte avait disparu peu avant que Deveult ait dénoncé le détournement de fonds. C'était cette délation qui avait précipité Eliott en prison. Fontenay ne comprenait pas où le commandant Xavière essayait de le mener. Quand il lui demanda d'être plus clair, son collègue s'appuya sur la table en métal et le fixa.

— Deux personnes ne sont pas de trop pour manigancer un plan pareil, lança Xavière. Tu ne penses pas ?

Un frisson transperça Fontenay. Il pensait qu'il était dans le coup. Il resta impassible malgré la colère qui grimpait en lui. Xavière indiqua d'un signe du menton le tatouage tribal autour de son poignet avant de poursuivre ses accusations.

— Tu es resté combien de temps au Burkina Faso ? Six ans ?

— À peu près, oui.

— C'était plus facile que la police. Juste à regarder derrière ton boss, faire les gros yeux, porter des costards. À côté, ton fils vivait une vie tranquille d'expatrié, l'école française du pays, la liberté lors de tes voyages d'affaires. Il a dû tirer la gueule quand vous êtes revenus à Paris.

— On savait qu'on reviendrait tôt ou tard. J'ai eu une opportunité, Eliott allait commencer le lycée, aucun de nous deux n'a regretté notre retour.

— Pourtant, c'était bien payé comme job. Mieux que maintenant. Tu n'avais pas envie d'y retourner ou de retrouver une vie un peu plus confortable ?

Fontenay se refusait le moindre haussement de ton malgré ces accusations infondées. Il ne pensait qu'à son fils, là-bas, en prison. S'il cédait à ces provocations, il anéantissait toutes ses chances de le sauver.

— Tu ne penses pas que j'aurais trouvé un autre moyen de gagner de l'argent facilement ? Tu me vois exposer mon fils à ce point ? Et si j'avais vraiment monté un coup pareil, tu crois que j'aurais donné à Eliott ton contact pour que tu le conseilles quand il m'a parlé de ses difficultés avec un client ? C'est toi qui lui as recommandé de trouver le propriétaire du compte qu'il trouvait louche. C'est là qu'il a découvert qu'il était à son nom. À la suite de ça, il a confronté Deveult.

Fontenay assénait ces questions comme on porte des coups. La colère montait en lui à chaque phrase. Il serra les mâchoires pour se contenir. Xavière avait reculé sur sa chaise. Il reprit :

— Le juge croit à une manipulation dans le but de nous induire en erreur si on vous grillait.

— Mais toi ? Tu en penses quoi ?

Face à l'absence de réponse de son interlocuteur, il croisa les bras et sourit.

— Tu n'y crois pas.

— Ça a l'air d'un bon gars, ton fils. Mais pourquoi Deveult se serait emmerdé à monter un coup pareil ?

Fontenay ne bougea pas, tiraillé. De toute évidence, le juge n'était pas de leur côté. Parler, c'était prendre le risque qu'il considère cela comme un mobile pour dépouiller l'homme d'affaires.

— L'accident de voiture lui aura fait perdre les pédales.

Le commandant Xavière ignora l'ironie. Il ancra son regard dans le sien.

— J'ai envie de croire à votre délire de coup monté. Je suis bien le seul d'ailleurs. Mais j'ai besoin d'une preuve. Une raison plausible qui amènerait un P-DG aussi influent que Deveult à faire chanter deux hommes pour qu'ils tuent des innocents et un flic.

— Tu as récupéré l'affaire, non ? À toi d'interroger Deveult.

— Il a répondu à toutes nos questions. Et le juge veut le croire.

Xavière croisa les bras et le laissa partir. Fontenay n'attendit pas plus pour se diriger vers la porte. Alors qu'il avait la poignée dans la main, son collègue ajouta :

— Mais sache que tant que le juge ne verra pas un geste de ta part, il ne t'accordera pas de droit de visite pour ton fils.

Muet, Fontenay ouvrit et sortit. Mondras l'attendait. Fontenay anticipa ce que ce dernier allait lui dire une fois à l'écart des oreilles indiscrètes.

— En parler, ce serait lui donner des armes contre nous. Écoute-les ! Ils veulent anéantir Eliott ! Moi avec.

Il serra les dents. Fontenay père et fils tomberaient. La colère tambourinait dans sa poitrine. Il se sentait délaissé par son propre camp. Xavière prétendait le croire, mais il considérait cela comme une méthode pour le mettre en confiance et le faire parler.

La place du coupable était amère. Celle de l'erreur judiciaire était corrosive.

13

Le quartier de La Défense fourmillait, comme à son habitude. Tenues sombres, lunettes anti-lumière bleue, sacs, oreillettes, smartphones, les salariés gonflés de stress marchaient d'un pas nerveux pour rejoindre au plus vite leurs rendez-vous ou leurs réunions.

Au milieu de cette agitation, Fontenay pianotait sur son volant. Garé devant le siège d'Expert-Construction, il ne détachait pas ses yeux de la sortie du bâtiment de métal et de verre. À travers les vitres, il voyait des employés passer, d'autres regarder un peu dehors pour se changer les idées entre deux dossiers.

Cela faisait des jours qu'il tournait le problème dans tous les sens. Il avait tenté d'appeler le juge, de négocier le droit de rendre visite à son fils, sans succès. Mondras avait plusieurs fois essayé de le convaincre de révéler son secret, mais il s'y refusait.

Au fond, malgré toutes les preuves, une partie de lui niait son lien avec Deveult. Un déni destiné à le protéger du traumatisme enduré. Il ne voulait pas en parler, car il avait peur. Et tant qu'il n'oserait pas se confronter à son pire cauchemar, il ne pourrait pas le combattre.

Il devait parler à son père. Quand il posa sa main sur la portière, Henri l'en empêcha. Le petit garçon qu'il avait été tremblait, blotti dans un coin de son esprit, les yeux remplis de larmes. Il serrait contre lui son bras plâtré, brisé lors d'une énième raclée. Après leur fuite, sa mère et lui n'en avaient plus jamais parlé. Ils étaient devenus Antoine et Josiane. Il avait continué à grandir avec dans un coin de lui ce petit garçon apeuré qui n'avait jamais pu régler ses comptes avec son père, lui crier avec ses mots d'enfant à quel point il lui avait fait du mal, à quel point il le détestait.

Fontenay se ressaisit. Maintenant, il était père. Il devait protéger son fils. Il n'y avait pas de place pour ses peurs. Il descendit de sa voiture et pénétra dans le bâtiment. Les portes en verre se refermèrent derrière lui comme une carapace d'argent et de pouvoir. Il avait abandonné sa béquille et gobé une interdose de morphine. Hors de question de paraître diminué. Si Deveult marchait sur deux jambes, alors il ferait de même. Il brandit sa carte à l'accueil. Il prétendit être de la brigade financière. Crédule, le secrétaire ne posa pas plus de questions, et il prévint son supérieur. Puis il se leva et accompagna le policier jusqu'au bureau du directeur.

L'ascenseur offrait une vue magnifique de La Défense. Des prisons dorées aux plafonds de verre, antres de requins assoiffés de pouvoir. Ils parvinrent au neuvième étage en quelques secondes. Le courage du commandant avait pris l'escalier. Le pas lent, Fontenay suivit le secrétaire, qui ouvrit la porte et le laissa entrer. Le policier pénétra dans le bureau.

Dos à lui, assis dans son fauteuil, Deveult admirait le panorama. Il pivota lentement pour voir son visiteur de ses propres yeux.

— Commandant. Que puis-je pour vous ?

Silence. Cette façon de le sonder, il la connaissait par cœur. Cette voix, cette posture, rien n'avait changé. Malgré les assauts du temps et de l'accident, Fontenay en avait à présent la certitude : Paul Deveult et Claude Lafontaine n'étaient qu'une seule et même personne.

— Trente-neuf ans, murmura-t-il.

— Je vous demande pardon ?

Il s'avança d'un pas. Il ne comptait pas se laisser berner. Il n'était pas comme tous ces autres.

— Trente-neuf ans que je pensais t'avoir enfin échappé.

— Pourquoi voudriez-vous m'échapper ?

— Arrête ton cinéma ! Défiguré ou pas, je te reconnaîtrais.

Un silence s'installa. Un sourire étira doucement le côté droit du visage de Paul Deveult.

— Comme quoi, tu sais faire preuve d'un peu de jugeote quand tu veux.

Installé dans son fauteuil, il ne bougeait pas, se contentant de fixer Fontenay sans qu'une émotion le perturbe. Son visage ne laissait rien transparaître. Il avait l'ascendant sur la personne qui se tenait en face de lui, policier ou non, et il le savait.

— Comment nous as-tu retrouvés ?

— J'aurais préféré que tu apparaisses dans les médias autrement qu'en jouant les petits policiers. C'est toi qui aurais dû être sur le devant de la scène. Tu aurais dû te trouver à ma place.

— Je suis là où je dois être.

— Non. Tu as choisi la facilité.

— Et c'est pour ça que tu as décidé de tuer ces gens ? Pour prouver qu'un simple commandant de police n'est pas capable d'arrêter un génie comme toi ?

Paul Deveult inclina la tête sur le côté avec innocence.

— C'est Eliott qui a commandité ces meurtres. C'est la raison pour laquelle il est en prison.

— Non. Tu l'as forcé à jouer les intermédiaires.

Sans lui répondre, Deveult se leva. Costume haute couture, chaussures brillantes. La richesse ne dupait pas son fils. Il soutint son regard en s'approchant.

— Et tu as des preuves de ce que tu avances ? Et je ne parle pas de tes petites photos d'écran ridicules que mes avocats se sont fait un plaisir de détruire une à une. Avant, bien sûr, de trouver la taupe qui te les a fournies.

Deveult laissa passer une poignée de secondes. Puis il secoua la tête.

— Non, tu n'as rien. Alors, comment oses-tu m'accuser ?

Fontenay avait besoin de plus pour se démonter. Il n'était plus un enfant transi de peur.

— Et toi ? Comment oses-tu infliger de pareilles souffrances à ton petit-fils ?

Une grimace de dégoût déforma le visage de l'homme d'affaires.

— Mon petit-fils ? Ce n'est qu'un pauvre comptable courbé derrière son ordinateur qui a passé des semaines à obéir à nos ordres avant de se rendre compte du manège. Et quand il a compris qu'il était piégé, il m'a mangé dans la main.

Un rire s'échappa de sa gorge. Fontenay luttait pour ne pas le tuer sur place.

— Quand il s'est enfin rendu compte que Despela allait le vendre aux flics, il a paniqué. Il était pathétique. J'ai à peine eu à lui suggérer de le tuer pour qu'il s'exécute sans réfléchir.

Deveult tourna le dos à son fils sans cesser de s'amuser de la situation. Il s'attarda un instant sur la vue avant de poursuivre :

— Il tient de ta mère. Comme toi. Lâche. Sans ambition. Et maintenant, sans avenir.

Fontenay serra le poing de toutes ses forces, à court de mots. Deveult lui fit signe d'avancer. Une fois à sa hauteur, il enroula son bras autour de ses épaules, et il lui désigna le quartier d'affaires qui s'ouvrait devant eux, baigné par le soleil glacial de l'hiver. Il lui montra alors au loin un chantier qui lui appartenait. Puis un deuxième. Sa voix était presque paternelle.

— Si tu avais accepté de m'obéir, cette vue serait à toi.

— Tout ça, c'est à Paul Deveult. Pas à toi.

— Il ne valait pas mieux que vous. Si tu avais vu l'état de l'entreprise quand je l'ai récupérée. Ce qu'Expert-Construction est devenue, je le dois uniquement à mon travail.

— Je connais tes méthodes. Toujours à la limite de la légalité, user de menaces, de chantages.

— Toute méthode est bonne à prendre tant qu'il y a un résultat.

Il tourna la tête vers son fils. Fontenay soutint son regard.

— Si toi aussi, tu avais fait preuve d'un minimum de malice, ton fils ne croupirait pas en prison.

Le policier resta stoïque, attisant l'amusement de Deveult qui lui désigna une autre entreprise plus au nord de La Défense.

— Mon grand-père dirigeait une imprimerie avant la Seconde Guerre mondiale. Mon père était destiné à prendre la relève. Ils auraient fait rayonner la France. Mais la guerre est arrivée, et son rationnement avec. Pendant l'Occupation, mon grand-père a dû faire un choix : collaborer ou voir tout ce qu'il avait créé s'effondrer. Il a pris la décision de l'avenir, du moins ce qu'il pensait être l'avenir. Après la Libération, il a été roulé dans la boue. Son usine employait plus de cinq cents Français, il leur a permis de survivre, mais les gens ne voyaient que la collaboration. L'usine a été saisie par l'État, et ma famille a tout perdu. Mon père a passé le reste de sa vie à tenter de recouvrer son statut social pour nous offrir à moi et mes sœurs un train de vie convenable. En vain. L'argent manquait, encore et encore. J'ai dû arrêter mes études pour les aider. Mon père s'est rompu le dos au travail sans jamais retrouver ne serait-ce que la moitié de ce qu'il avait avant. Tout ce que j'ai fait, c'était pour accomplir son projet, pour rendre à notre famille sa grandeur.

Fontenay observait les buildings sans se préoccuper de son père. Sa triste histoire, il s'en fichait. Il n'avait jamais couru après l'argent. Il n'avait jamais cherché le succès. À quoi bon poursuivre un projet qui n'était pas le sien ?

— Si c'était si important pour toi de restaurer l'honneur de ta famille, alors pourquoi tenter aujourd'hui de détruire ta descendance ?

— Car toi, tu as détruit mes espoirs. Tu aurais dû prendre

ma suite. Mais tu as préféré fuir à la première difficulté plutôt que t'endurcir et encaisser. Tu n'as pas les épaules pour diriger une entreprise. Ton fils non plus.

Pour la première fois depuis le début de leur entretien, Paul Deveult exprimait une émotion. De la colère froide et contenue se mélangeant à du dégoût.

— Regarde-toi. Tu tiens à peine debout. Tu n'as aucune ambition.

Il secoua la tête avec dédain.

— Tu es minable. Tu joues les gros durs avec tes tatouages ridicules mais en réalité, tu es faible. Tu avais mille moyens de me piéger. Mais tu n'en as trouvé aucun. Car tu n'es rien !

Fontenay s'éloigna de plusieurs pas. Légèrement courbé, le souffle court, le cœur tambourinant dans sa poitrine. Il avait redouté cette issue. Son père avait tout anticipé. Tout. Le policier luttait pour ne pas perdre la face. Il avait l'impression de redevenir un enfant apeuré.

— Tu n'as rien appris, Henri. Tu n'as rien retenu.

— Qu'est-ce que tu voulais que je retienne ? Les coups ? Les humiliations ?

— Ne pas choisir la facilité. Te battre. Mais non. Tu as fui avec ta mère. Puis tu as fui à la mort de ta femme. Et enfin, tu as fui l'affaire alors que ton fils est en prison.

— J'ai quitté l'affaire pour que tes avocats ne s'en servent pas contre nous.

— Foutaises. Tu as fait ça uniquement pour dire que si Eliott est condamné, ce ne sera pas ta faute.

— Je t'interdis de dire que j'abandonne mon fils !

— Alors, pourquoi tu es là sans le moindre plan ? Pourquoi je suis libre ?

Fontenay ne répondit pas. Sa respiration saccadée résonna dans la pièce pendant de longues secondes. Une douleur lui transperçait la poitrine. Deveult soupira de dégoût.

— Quand je vois ce que tu es devenu... Comment ai-je pu

faire reposer mes espoirs sur toi ? Ce que j'ai bâti, tu n'aurais jamais pu en faire le tiers. J'ai honte que mon sang coule dans tes veines.

Fontenay soutint son regard un long moment. Son cœur ralentit. Puis un sourire fendit soudain son visage en deux.

— Qu'est-ce qui te fait rire ? demanda Deveult.

— Tu le sauras bien assez tôt.

Fontenay recula et sortit sans quitter son père des yeux. Ce dernier avait raison : il ne pouvait rien faire face à Paul Deveult. Mais il pouvait faire quelque chose contre Claude Lafontaine.

14

Le silence s'abattait sur son passage. Loin du respect qu'il imposait quelques jours plus tôt, il suscitait à présent la peur et l'interrogation. Être lié à la mort d'un flic, ça collait à la peau, ça le suivrait toute sa vie. L'odeur du sang ne se détacherait jamais. Fontenay traversa le commissariat sans se retourner. De sa main libre, il tenait un dossier en carton. Il entra sans frapper dans le bureau de Mondras après avoir lancé un coup d'œil à travers le store. Son collègue et ami le dévisagea. Il n'était plus accoutumé à voir une telle hargne dans le regard de Fontenay. Sans s'expliquer, le commandant déposa devant le commissaire deux actes de naissance. Ceux d'Henri Lafontaine et Antoine Fontenay. Mêmes date et heure de naissance. Même lieu. Pas le même document. Cela ne pouvait pas être une coïncidence. Il s'agissait de la seule preuve matérielle existante qui prouvait ce qu'il lui avait révélé lors de l'arrestation de son fils.

— Si le juge refuse ces actes de naissance, demande-lui d'enquêter sur mon passé. Il n'aura sans doute aucun mal à découvrir que je n'apparais qu'en 1983, après la disparition des Lafontaine.

Mondras était soulagé que son ami se décide à tout avouer. Il avait craint de ne plus pouvoir garder le secret très longtemps. À ses yeux, cette décision était la meilleure. Il lui conseilla de tout révéler en personne à Xavière, mais Fontenay refusait d'offrir au commandant qui l'avait roulé dans la boue quelques jours plus tôt l'occasion de briller dans cette affaire.

Son fils, quoi qu'il arrive, était un assassin. Lui-même finirait inévitablement sa carrière au placard, poussé vers une retraite anticipée. Il s'était fait une raison. Il se fichait de son évolution dans la police, tout ce qui comptait était de sauver Eliott.

— Mais prouver que Lafontaine est Deveult ne suffit pas pour mettre en lumière toutes ses manipulations.

Fontenay secoua la tête.

— Tout ce qui compte pour lui, c'est son entreprise florissante. Mais comment penses-tu que les actionnaires réagiront quand ils apprendront qu'ils ont été manipulés par un usurpateur ? Il va tout perdre. Et là, je le connais, il basculera, il commettra une erreur fatale. Et on le fera tomber.

Sa voix avait regagné de la détermination. Droit, à peine appuyé sur sa béquille, il était prêt. La lutte ne faisait que commencer.

Ils s'accordèrent d'un regard avant de se diriger côte à côte vers la salle de travail de la brigade financière. Gajeole était derrière un ordinateur, comme à son habitude. Quand elle reconnut celui qui accompagnait Mondras, son visage se fendit d'un sourire timide. Elle paraissait peu à l'aise dans cette nouvelle équipe. Elle vint à leur rencontre pour que personne d'autre n'entende ce qu'elle avait à leur dire.

— Esther m'a contactée. J'ai peut-être quelque chose, résuma-t-elle. Le compte soi-disant créé par Eliott est beaucoup plus vieux qu'on le pensait. La création date d'un mois avant les premiers virements. Soit deux semaines avant que Deveult missionne la boîte de compta.

Un poids se détacha de la poitrine de Fontenay. Il commençait à percevoir des failles dans le plan de son père. Ses aveux seraient le coup de grâce. Le commissaire tendit les deux actes de naissance à la lieutenante et la chargea de rassembler d'autres preuves sur le changement d'identité de Fontenay. Elle porta de grands yeux ronds sur le concerné, qui se contenta d'incliner la tête. Mondras insista sur l'urgence de la situation. Ils n'avaient plus le temps de s'étendre en explications. Gajeole retourna devant son écran et s'exécuta.

La porte s'ouvrit à la volée dans leur dos. Xavière entra et fusilla du regard son égal en lui demandant ce qu'il fichait dans sa salle de travail.

— Le commandant Fontenay est venu me faire des aveux, s'enthousiasma Mondras.

Le dos droit, le visage impassible, il lui présenta de but en blanc les deux actes de naissance. Son regard passa entre les différentes personnes présentes dans la pièce. L'agacement émanait aussi de Xavière, abasourdi par la nouvelle.

— Ce n'est pas parce que tu es Henri Lafontaine que Paul Deveult est Claude Lafontaine.

— Je l'ai reconnu. C'est ma parole contre la sienne.

Les trois hommes se toisèrent. Il n'y avait qu'un seul moyen de prouver la filiation : un test ADN.

— Si nous avons de quoi prouver que tu es bien Henri Lafontaine et que Paul Deveult est ton père, alors nous pourrons le mettre en difficulté, affirma Mondras.

Le vent tournait.

Fontenay suivit du regard le prélèvement jusqu'au scellé. En face de lui, le juge faisait de même. Le laborantin s'éclipsa, les laissant seuls. Le magistrat transpirait. Il ne s'était pas encore remis de l'histoire abracadabrantesque que le commissaire Mondras lui avait présentée malgré les preuves apportées. De plus, il sentait que cette affaire lui échappait et qu'un immense scandale financier lui pendait au nez. Derrière lui, le greffier jonglait avec deux téléphones et des mails. Dehors, il avait reconnu trois journalistes qui montaient la garde, prêts à attraper le premier qui donnerait une exclu. Malgré les efforts déployés par Fontenay pour rester neutre, un sourire satisfait étirait le coin de ses lèvres.

— Vous avez conscience des conséquences s'il s'avère que vous avez menti ? menaça le magistrat en le regardant.

— Il n'y aura pas de conséquences puisque Claude Lafontaine est vivant et qu'il a piégé Eliott, rétorqua Fontenay. Il me semble que la lieutenante Gajeole vous a transmis plusieurs éléments prouvant que mon fils n'est pas le commanditaire que vous essayez de dépeindre pour ne pas salir Deveult.

— Je ne dépeins rien. Je fais confiance aux preuves tangibles.

Le juge n'assumait son erreur qu'en demi-teinte, notamment quand on la lui rappelait. Fontenay croisa les bras, luttant pour ne pas laisser transparaître un trop-plein de satisfaction qui porterait préjudice à sa requête à venir.

— Alors, maintenant, est-ce que je peux voir mon fils ?

Le magistrat lui lança un regard dénué d'émotion, mais sa main s'était crispée.

— Le test ADN va prendre plusieurs jours. Jusqu'à preuve du contraire, votre filiation est une tentative désespérée de vous en sortir, voire de gagner du temps.

Un poignard se planta dans la poitrine de Fontenay.

— Gagner du temps pour quoi ? s'emporta-t-il. Je gagne quoi à inventer une histoire pareille ? S'il s'avère que j'ai menti, je doute que vous accordiez le moindre crédit à quoi que ce soit que j'avancerai par la suite !

— Je ne peux rien exclure, coupa le magistrat, définitif.

Fontenay accusa le coup. Il avait fondé tant d'espoir dans cet entretien. Attendre encore avant d'entrer en contact avec Eliott ? Il ne tiendrait pas. Son fils non plus.

Pour reprendre l'ascendant, le juge ouvrit le dossier et énuméra ce qui accusait encore Eliott avant de l'opposer à ce qui incriminait Deveult. Selon le jury, il pouvait autant être inculpé qu'acquitté. La dernière arme était ce fameux test ADN. Une pensée vint troubler Fontenay. Au bout d'une seconde, elle se transforma en angoisse. Et si son père usait de corruption pour fausser le test ?

Fontenay marchait sans but. Son entretien avec le juge l'avait anesthésié. Tous ses espoirs étaient douchés. Le juge s'accrochait à son orgueil. Accorder un droit de visite au commandant sonnait comme un aveu de son erreur. Fontenay se laissa tomber sur le bord de la Seine. Il posa sa béquille à côté de lui et regarda l'eau s'écouler pour noyer son angoisse.

Un test ADN ne se trafiquait pas. Fontenay tentait de se rassurer. Deveult avait du pouvoir, certes, mais pas à ce point. Il avait déjà officieusement mis Gajeole sur le coup. Elle cherchait d'anciens collaborateurs du vrai Paul Deveult. Si l'un d'eux se trouvait en face de lui, il pourrait peut-être, même plus de vingt ans après, attester qu'il ne s'agissait pas de son patron.

Il se frictionna le visage. Ses peurs tournaient à la paranoïa. Il doutait de tout le monde. Du juge, de Xavière, même de Mondras.

Il avait besoin de changer d'air. Il attrapa sa béquille, mais celle-ci lui échappa des mains et tomba dans l'eau. Il jura entre ses dents et tenta de s'approcher dans l'espoir de la voir. En vain. Elle avait déjà coulé. Il s'insulta à haute voix. Même pas foutu de tenir correctement quelque chose.

Tout lui échappait.

15

Expert-Construction : le P-DG est un usurpateur et un criminel

Le directeur de l'entreprise Expert-Construction a été soumis à un test ADN dans le cadre d'une enquête pour meurtres et détournement de fonds. Les résultats révèlent que l'homme d'affaires qui se présentait comme étant Paul Deveult, victime en 1999 d'un accident de la route qui l'avait défiguré, est en fait la seconde victime de ce même carambolage, Claude Lafontaine. Selon des sources proches de l'enquête, aussi invraisemblable que cela puisse paraître, l'homme aurait usurpé l'identité du fondateur de la société. Il souhaitait retrouver sa femme et son fils qui lui auraient échappé dans les années 1980 en raison de violences conjugales. L'identité des deux concernés a alors été protégée et gardée secrète. Actuellement interrogé par les enquêteurs, Paul Deveult demeure libre pour le moment.

Le torse bombé, le dos droit, Paul Deveult toisait le juge qui venait de le congédier de son bureau. Xavière se trouvait entre eux, les bras croisés, le visage neutre. Il n'y avait plus de manières et de précautions dans leur comportement. Il n'y avait plus d'épée de Damoclès au-dessus de leur tête, il n'y avait plus d'œillères non plus. Il était un suspect comme un autre, sans influence, sans pouvoir sur eux. L'homme d'affaires le sentait. Et cette pensée lui déplaisait. Il sortit sans un au revoir et descendit les marches du tribunal. Malgré l'attention que ce geste lui demandait depuis son accident, il aperçut du coin de l'œil un homme appuyé contre le grillage, un petit sourire aux lèvres. Son orgueil le poussa à le rejoindre.

— Alors, « papa », cette chute ? railla ce dernier.

— Cette histoire n'est qu'un feu de paille.

Fontenay réprima un petit rire provocateur. Sur le portable que ce dernier tenait dans sa main, Paul Deveult distingua le logo d'un journal spécialisé dans le monde de la finance qui venait de sortir un article peu élogieux sur lui. Il comprit que, depuis plusieurs semaines, c'était son propre fils qui s'était assuré que des médias du milieu économique mais aussi des faits divers entretiennent la polémique. C'était également lui qui avait révélé au grand jour le résultat du test ADN.

— Une menace d'attaque en diffamation, et tous tes petits journalistes repartiront la queue entre les jambes.

Le sourire railleur de Fontenay s'étira un peu plus sur ses lèvres.

— Alors, vas-y. Qu'est-ce que tu attends ?

Deveult crispa le poing. Évidemment qu'il avait déjà essayé. Une de ses juristes l'avait regardé avec un air désolé : elle avait argumenté qu'il fallait attendre les résultats, que s'il n'avait rien à se reprocher, le test ADN ferait taire la rumeur. Il allait prendre un malin plaisir à faire vivre un enfer à cette brune avec son grain de beauté sous l'œil.

— Plus personne ne te redoute maintenant, observa le policier.

Fontenay se surprenait lui-même. Il tenait tête à son père. Il ne ressentait plus la moindre crainte face à lui. La chaleur qui avait envahi sa poitrine à l'annonce des résultats ne s'éteignait pas. Bien évidemment, cela allait sans doute remettre en question beaucoup de choses dans sa vie. Cependant, il s'en fichait. Tout ce qui comptait pour le moment était que les belles certitudes de l'usurpateur en face de lui s'effondrent.

Le monstre de son enfance avait laissé place à un homme qui lui inspirait de la pitié. Un vieillard qui vivait dans le passé, un chien qui s'acharnait sur le même os sans remarquer qu'il n'en tirerait plus le moindre bout de viande. Deveult continuait à pourchasser un idéal qu'il n'avait jamais remis en question. Sa haine l'aveuglait tandis que Fontenay avait fait abstraction de son passé pour voir plus clairement le futur. La lumière commençait à apparaître au bout du tunnel.

Il avait remporté la bataille contre son ennemi. Il devait à présent se battre pour gagner la liberté de son fils. Il tourna les talons et s'en alla, la tête haute. Cette affaire était bien plus qu'un feu de paille. C'était un feu d'artifice.

Scandale Expert-Construction : l'entreprise pourra-t-elle se relever ?
Deux semaines après la confirmation des accusations concernant Paul Deveult, l'entreprise poursuit sa chute. Après le départ de nombreux actionnaires et la baisse de la valeur des parts de l'entreprise, la plupart des chantiers prévus en France ont été annulés. La mairie de Paris aurait également annulé le contrat qui la liait à l'entreprise dans le cadre de l'organisation des Jeux olympiques 2024, mais à l'heure actuelle, aucun nouvel appel d'offres n'est lancé.

Lire aussi : Quel retard le scandale Expert-Construction va-t-il provoquer pour les Jeux olympiques 2024 ?

À l'étranger, la situation n'a pas encore éclaboussé l'industriel, qui refuse toutes les demandes d'interviews. Dans l'entreprise, les langues se délient et osent dépeindre un homme sans pitié et aux pratiques malhonnêtes. Il semblerait qu'Expert-Construction doive se séparer de ce visage si marquant si elle souhaite remonter la pente.

Depuis que l'affaire était devenue publique, la plupart des employés du siège d'Expert-Construction passaient leurs journées à nouer des contacts avec les sociétés concurrentes, multipliant les appels et les entretiens. Il était plus que temps de partir. C'était évident. Au milieu de ce champ de ruines, seuls les salariés du pôle financier pensaient qu'il était possible de se relever d'un tel scandale. Ils se battaient entre eux pour prendre les rênes de l'entreprise en perdition et tirer leur épingle du jeu. L'open space ressemblait désormais à un champ de bataille. Esther apparut dans la pièce. Elle se glissa entre les bureaux presque vides. Elle contemplait les ruines. Elle aussi ressentait une profonde chaleur dans sa poitrine. Elle avait fait ce qui était bon.

Elle s'approcha de la fenêtre et observa le siège de l'entreprise voisine, qui opérait dans le même secteur. Alors que la salle dans laquelle elle se trouvait ne bougeait presque pas, le bureau en face, qu'elle voyait à travers les vitres, fourmillait de vie. Elle sentait l'énergie qui animait la réunion. Regorgeant de collaborateurs prêts à surfer sur la chute d'Expert-Construction, cette boîte préparait l'avenir. La relève était déjà là. Dans un an, plus personne ne se souviendrait de Paul Deveult. Une autre société aux pratiques, elle l'espérait, plus correctes aurait remplacé la sienne. Pour la première fois, elle se demandait ce qu'elle allait faire de sa vie. Elle ne savait pas de quoi serait constitué son avenir, mais elle se sentait bien. Elle était libre à présent, et elle n'aurait plus à craindre un patron avide de pouvoir. Le soleil brillait sur La Défense. Esther en était presque éblouie. Le reflet des rayons sur la façade en verre était la seule lumière qui émanait encore de ce bâtiment.

Soudain, une ombre troubla le paysage et disparut l'instant d'après. Esther réprima un hurlement d'horreur en plaquant ses mains sur son visage. Un bruit sourd retentit. Silence dans la pièce. Les personnes présentes se regardèrent, cherchant à confirmer l'idée qui avait traversé l'esprit de tous.

Esther se précipita dans le couloir et monta l'escalier qui menait à l'étage supérieur. Elle fit irruption dans le bureau de Paul Deveult.

Un vent glacial souleva ses cheveux et fouetta son visage. Elle balaya la pièce vide du regard. Tout était parfaitement rangé : l'ordinateur était éteint, son téléphone était posé au coin du bureau, sa veste était proprement pliée sur le portemanteau. À travers la fenêtre ouverte, elle entendit des cris depuis la rue en contrebas.

16

Claquement de porte. Serrure. Verrou. Clé. Grincement. Nouveau claquement. Chaise sur le carrelage. Silence.

Fontenay pianotait sur la table devant laquelle il était assis. Son regard allait et venait entre les différentes vitres, attendant un signe, un visage. Le temps était long. Trop long. La moisissure au coin de la pièce semblait se propager à vue d'œil. Ou peut-être s'agissait-il d'un effet d'optique causé par le néon qui clignotait au plafond.

La porte dans son dos s'ouvrit. Il se leva prestement. Son cœur s'affaissa dans sa poitrine. Un mélange de soulagement et de peur le saisit à la gorge.

À peine le gardien se fut-il écarté que père et fils s'enlacèrent un long moment. Trois mois entiers sans se voir, sans communiquer. Au contact de l'autre, tous deux ressentirent un grand soulagement. Fontenay prit le visage d'Eliott entre ses mains pour mieux observer son garçon. Amaigri, cerné, ce dernier paraissait avoir dix ans de plus. Cependant, les derniers événements avaient rallumé une étincelle d'espoir dans ses yeux.

— C'est vrai ce qu'on m'a raconté ? bredouilla-t-il. Deveult est mort ?

Fontenay acquiesça. Il guida son fils jusqu'à la table devant laquelle ils s'assirent sans que leurs mains se lâchent. Le soulagement laissa place aux questionnements.

— J'ai rien compris à ce qui se passe... Mon avocat ne m'explique rien ! Et je ne pouvais même pas t'appeler ! Ils parlent de test ADN ! Il ne s'appelait pas vraiment Deveult, c'est ça ?

Son père le freina en pressant un peu plus fort sa main.

— Laisse-moi tout t'expliquer.

Il lui devait la vérité. Il avait menti pendant trop longtemps. Le visage de son fils se décomposa au fil de son récit. Tout prenait sens dans son esprit. Il pressa son front brûlant dans sa paume.

— Donc s'il s'en est pris à moi, c'est parce que je suis... son petit-fils ?

Fontenay acquiesça avant d'ajouter qu'il n'avait rien à voir dans cette histoire. Eliott déglutit. Son père le laissa digérer la nouvelle. Il avait le sentiment de réfléchir au ralenti. Le brouillard dans lequel il se trouvait depuis des mois s'éclaircit. Toutes ces zones d'ombre qu'il relevait depuis son enfance prenaient enfin sens. Pas de famille paternelle, pas de photos de son père avant 8 ans, des messes basses entre sa grand-mère et lui, des allusions étouffées... Il avait toujours eu le sentiment qu'on lui cachait quelque chose. Maintenant qu'il savait, cela lui paraissait évident. Il tira en arrière une mèche de cheveux devenue trop longue tout en hochant la tête en silence.

— Le juge m'a convoqué. Je suis innocenté pour le détournement de fonds et les meurtres de Despela. Mais pas pour l'explosion et... ses conséquences.

La simple évocation de l'explosion le crispa. Il baissa les yeux. Bien qu'il ne croule plus sous de fausses accusations, celles fondées continuaient à peser sur ses épaules. Fontenay serra un peu plus fort ses doigts dans les siens.

— Le juge a reconnu l'emprise et les manipulations, exposa le commandant. Tu devras probablement te soumettre à une expertise psychologique pour le confirmer. Cela n'effacera pas la mort de Despela et Gomez, mais on pourra plaider les circonstances atténuantes. Même si...

Il s'arrêta, cherchant ses mots, mais Eliott savait déjà : il n'échapperait pas à la prison.

— On va plaider les circonstances atténuantes, répéta le commandant. Ton amie Doris t'a trouvé un très bon avocat. Il n'est pas très bavard, mais crois-moi, il est compétent. Avec son expérience, on peut gagner quelques années, peut-être même espérer une libération conditionnelle.

Fontenay ne perdait pas espoir. Le scandale Expert-Construction éclaboussait les plus hautes sphères du monde économique, il épiait le moment le plus opportun pour négocier une porte de sortie. Eliott gardait les yeux baissés sur la table. Ses lèvres le brûlaient alors que son père l'assommait de ressorts juridiques qu'il comprenait à peine.

— Papa... Arrête de chercher une solution.

— Je ne te laisse pas tomber. On va se battre. Tu vas sortir de là au plus vite. On a déjà réussi à se débarrasser des fausses accusations ; maintenant, on va se concentrer sur l'influence de Deveult et son chantage. Avec de bons arguments, on peut obtenir ton acquittement. Tu pourras reprendre ta vie normalement.

— Papa... J'ai tué ces gens. Si je dois payer, je paierai. J'ai pas envie de rester en prison, mais si j'y suis, c'est pour une raison. Je suis prêt à accepter la peine que je mérite.

Eliott tourna la tête vers la vitre sur sa gauche. Son reflet transparent l'effrayait presque. C'était la première fois qu'il pouvait verbaliser tout ce qui le hantait depuis son incarcération.

— J'ai fait les mauvais choix, j'en assumerai les conséquences. J'avais les moyens de ne pas en arriver là. J'avais les moyens de chercher de l'aide sans avoir à tuer. Si on triche, on vaudra pas mieux que Deveult.

— On ne va pas tricher, rectifia Fontenay, on va négocier. On va expliquer que Deveult t'a manipulé !

Eliott renifla dans son épaule. Les mains de son père se resserrèrent autour des siennes.

— J'ai été faible, c'est tout.

Fontenay posa ses doigts sous le menton de son fils pour relever sa tête et afin qu'il puisse soutenir son regard.

— C'est faux. Tu n'es pas faible. Tu as été pris au piège. Deveult était un expert en manipulation. Son but était de nous détruire. Il t'a rentré des inepties dans le crâne pour te pousser à l'acte. Il a tout fait pour que tu élimines toutes les issues autres que le meurtre.

Son cœur se serrait. Deveult avait finalement réussi à répandre son poison, et il ne savait pas comment endiguer sa propagation. L'ultime attaque qu'il aurait emportée dans la tombe.

— Le plus faible de nous trois, c'est lui. C'est lui qui a refusé de se confronter aux conséquences de ses actes. Si tu avais été faible, tu serais parti en cavale, tu aurais nié les meurtres. Or, au lieu de cela, tu as assumé tes erreurs. Tu as fait confiance à la justice. Et tu as eu raison.

— Justement. Je fais confiance à la justice. Je leur fais aussi confiance pour décider de ma peine.

Fontenay le comprenait sans accepter. Il refusait cet échec, il refusait de ne pas se battre. Il jugeait que les propos de son fils étaient dictés par la culpabilité qui le rongeait. Il refusait de le voir, lui si jeune et plein d'avenir, passer sa jeunesse derrière les barreaux à cause de la folie d'un homme.

Le policier avait fui trente-neuf ans plus tôt pour s'assurer une meilleure vie. Se reconstruire lui avait pris des années. Cependant, une fois qu'il avait trouvé son but dans la vie, il s'était promis que plus jamais l'ombre de son bourreau ne pèserait sur lui. Il s'était libéré de tous ses dictats, de tous ses *a priori*. Il s'était juré de ne jamais lever la main sur ses enfants. Il n'avait jamais utilisé son arme le premier, il avait toujours favorisé le dialogue. Le retour de son père sous le masque de Deveult avait détruit ses certitudes, ses promesses. Il aurait été prêt à le tuer de ses propres mains, à le torturer pour qu'il passe aux aveux et disculpe son fils. Alors, imaginer qu'Eliott se retrouve durant des années derrière les barreaux par sa faute était au-dessus de ses forces.

Giflé par ses propres promesses, Fontenay se frictionna le visage. Ses certitudes le rappelaient à l'ordre. Le souvenir de sa conversation avec Deveult dans son bureau résonna dans ses oreilles. Son père avait sombré dans la folie, car il avait poursuivi un dessein qui n'était pas le sien. Il s'était accroché au projet de sa famille sans s'interroger sur la raison pour laquelle il le faisait, sans se demander s'il souhaitait réellement cela de sa vie. Et là, lui-même réitérait cette erreur. Il essayait d'imposer sa vision des choses à son fils sans comprendre la sienne. Il pensait savoir mieux que lui ce qu'il devait faire de son existence.

Il aurait aimé sortir son fils de ces murs froids. Peu importait la manière, peu importait si celui-ci voulait le suivre ou pas. Cependant, s'il le faisait, il détruirait sa vie. Ses yeux le brûlaient, mais il voyait mieux que jamais l'homme qu'Eliott était devenu. Ce dernier opérait ses choix, avait ses convictions. Même si elles étaient différentes des siennes, Fontenay devait les accepter et le soutenir.

— Je te fais confiance, Eliott.

Sa voix tremblait. Son fils redressa la tête. Fontenay détacha ses mains de celles d'Eliott pour essuyer ses larmes.

Eliott allait s'en sortir. Il avait suffisamment de courage pour y parvenir. Un jour, il serait libéré. Il quitterait cet endroit la tête haute avec la volonté d'avancer sans regarder derrière lui. Il prouverait à tout le monde qu'il n'était pas faible.

Fontenay était fier de lui.

Remerciements

Merci de m'avoir lue jusqu'ici. Cette histoire est partie d'une simple conversation entre copines, à parler d'une série et de ses acteurs. Alors, merci à Gwladys pour cette petite réflexion anodine qui, des années plus tard, aura donné naissance à ce roman. Merci à Julie pour tes nombreux conseils alors que je n'étais qu'une simple lycéenne postant ses écrits sur Internet. Merci à Gaëlle et Élise de m'avoir écoutée parler de mes histoires des heures durant.

Merci aux personnes qui m'ont lue toutes ces années : vous m'avez donné confiance en moi. Merci surtout à celles qui, par la suite, sont devenues des amies.

Merci aux libraires du Prix du polar non publié de m'avoir choisie. C'est un grand honneur. J'espère que ce roman vous aura confortés dans votre choix.

Merci à Louis, merci à mes parents pour m'avoir encouragée et soutenue dans mes choix sans me juger. Vous n'êtes pas comme Deveult ! Merci à Robin pour ton soutien, ta bienveillance, et pour m'avoir donné des ailes.

Merci à Novice et à Timothé pour leur confiance et pour m'avoir aidée à tirer le meilleur de cette histoire si chère à mon cœur. C'est un rêve qui se réalise grâce à vous.

FSC
www.fsc.org
MIXTE
Papier issu
de sources
responsables
FSC® C109764

Illustration : Mathieu Persan
Composition : Nord Compo
Imprimé au Portugal en octobre 2023